U0138255

青海省文物考古研究所　青海省博物馆　青海省文物局　编

山宗　水源　路之冲

一带一路中的青海

QINGHAI IN THE BELT AND ROAD

文物出版社

图书在版编目（CIP）数据

山宗·水源·路之冲：一带一路中的青海 / 青海省
文物局，青海省博物馆，青海省文物考古研究所编 . --
北京： 文物出版社，2021.12
　　ISBN 978-7-5010-7179-1

Ⅰ . ①山… Ⅱ . ①青… ②青… ③青… Ⅲ . ①文化史
－青海 Ⅳ . ① K294.4

中国版本图书馆 CIP 数据核字 (2021) 第 149076 号

山宗·水源·路之冲
—— 一带一路中的青海

编　　者：青海省文物局　青海省博物馆　青海省文物考古研究所

责任编辑：张晓曦
责任印制：苏　林

出版发行：文物出版社
社　　址：北京市东城区东直门内北小街 2 号楼
邮　　编：100007
网　　址：www.wenwu.com
经　　销：新华书店
印　　刷：北京荣宝艺品印刷有限公司
开　　本：635mm×965mm　1/16
印　　张：20.5
版　　次：2021 年 12 月第 1 版
印　　次：2021 年 12 月第 1 次印刷
书　　号：ISBN 978-7-5010-7179-1
定　　价：420.00 元

本书版权独家所有，非经授权，不得复制翻印

目 录

学术论文

丝绸之路青海道商贸功能探析

李健胜·青海师范大学

丝绸之路的商贸功能是其最为主要的功能。历史上，丝绸之路上曾开展过玉石、香料等贸易，但最为主要的贸易商品是丝绸，且起源甚早，张骞出使西域前零星的丝绢贸易已在东西间展开，但确定意义上的丝路贸易发展始于"张骞凿空"之后[1]，因蚕丝是中国最早开发、利用的衣料来源，是棉布产生前最适合人类穿着的衣料，加之丝绸柔软舒适，宜贴身穿着，尤其得到上层社会的欢迎，因此在西方价值贵比黄金，西域各国多从事丝绸转手贸易，大秦（罗马）"与安息、天竺交市于海中，利有十倍"[2]。为显示天朝大国的体面，历代王朝以重往薄来的朝贡贸易体现天朝大国之威望，用经济手段表达政治威权。西域诸商借朝贡贸易外贡虽薄、从重给赏的不等价交换赚取巨额利润，为此，他们不惜路途遥远、艰辛，以使臣朝贡、商团贸易、僧侣传道等形式，用进贡的西域方物换取丝绸，再转运至本国或转手卖至近东、欧洲等地。西汉中期以来，丝绸之路渐趋繁盛，至唐代，"伊吾之右，波斯以东，贡职不绝，商旅相继"[3]。继丝绸之后，茶叶成为丝路贸易的重要商品，一部分茶叶在区域内行销，成为西北牧民的生活必需品，还有一部分远销海外。

总之，丝绸之路上的商贸往来既促进了中国商品外销，中亚、西亚及青藏地区的特产也借丝路行销至中原，丝绸之路上因此也兴起了一些贸易城镇。青海道作为丝绸之路的组成，也承载过东西商品的交换，沿路上也兴起过一些贸易城镇。笔者拟在本节中以经青海道的丝绸贸易、西北特产销往中原，以及青海道沿线城镇经济三个方面研探青海道的商贸功能。

一　经青海道的丝绸贸易

两汉时期，湟中道作为河西道的辅路，当已承载了丝绸贸易的功能，但相关情况不见记载。魏晋时期，在吐谷浑还未掌握青海道经营主导权之前，前凉曾经从河南道南下与东晋往来，除想在政治上获得东晋支持外，也有通过朝贡贸易从东晋获得蜀锦，运至姑臧（今甘肃武威）与西域商人交易，以获取商业利益的商业考量。

吐谷浑时期，益州是当时世界上最大的丝绸生产、贸易基地，吐谷浑商人经河南道频繁往返于益州与青海牧区，目的就是要把蜀锦运至吐谷浑，除部分行销国内外，大量蜀锦转卖给西域商人，或以出使名义，派官员、军队护送蜀锦至他国交易。据《南齐书》卷五十九《芮芮虏传》记载，柔然也经青海道从益州获取蜀锦，并要求南朝齐为其提供"医工等"，南朝齐以"织成锦工，并女人，不堪远行"为由拒绝了柔然的要求。据《续高僧传》卷二十五《释道仙传》记载，粟特僧人道仙曾"往来吴蜀，江海上下，集积珠宝。故其所获赀货，乃满两船，时或计者，云值钱数十万贯。既怀宝填委，贪附弥深，唯恨不多，取厌吞海。行贾达于梓州新城郡牛头山，值僧达禅师说法"[4]。唐长孺先生认为，"这位高僧是个胡商，他'往来吴蜀，江海上下，集积珠宝'，疑与西域、南海的商货有关"[5]。还有一些西域商人为方便丝绸贸易甚至举家迁至益州居住。《北史》卷八十二《何妥传》记载，"何妥字栖凤，西城人也。父细脚胡，通商入蜀，遂家郫县，事梁武陵王纪，主知金帛，因致巨富，号为西州大贾"[6]。

西魏废帝二年（553 年），西魏攻取益州，吐谷浑使萧梁的通道堵塞，转而出使北齐，以获取丝绸。史称"夸吕又通使于齐氏。凉州刺史宁岠知其还，率轻骑袭之于州西赤泉，获其仆射乞伏触扳、将军翟潘密、商胡二百四十人，驼骡六百头，杂彩丝绢以万计"[7]。当时，西魏在河西势力尚未巩固，吐谷浑出使北齐时，横切河西道北上柔然再向东至北齐。在返回的路上，被西魏凉州刺史宁岠堵截，所获"杂彩丝绢以万计"，可见这一商团规模之大。为保证商团安全，吐谷浑派仆射乞伏触扳、将军翟潘密率兵护送，但最终还是被西魏拦截。这从一个侧面说明吐谷浑十分重视与中原的朝贡贸易，由他们主导、西域商人参与的丝绸交易是吐谷浑获得商业利润以维持国家运转的主要手段。

经青海道的丝绸贸易之盛况，还可从青海都兰吐蕃墓的出土文物中窥得一二。1982~1985 年，考古工作者在都兰一带挖掘唐代吐蕃墓葬 20 余座，获得大量丝绸文物，其中既有来自中原的绢丝、蜀锦，还有产自中亚、西亚的粟特锦、波斯锦。据统计，都兰吐蕃墓共出土丝绸残片 350余件，图案品种达 130 余种，其中 112 种为中原织造，占品种总数的 86%，18 种为中亚、西亚织造，占 14%，几乎囊括了唐代所有的丝绸品种[8]。其中，都兰吐蕃一号墓中出土鸟纹锦 4 件、建筑与人物图案锦 1 件、石榴花纹锦2 件、连珠纹锦 1 件、枝叶纹锦 1 件、几何纹锦 1 件、菱格纹锦带 2 件、丝带若干条、流苏 3 件、各色织物几十件[9]。3 件织锦具有浓厚的波斯萨珊朝艺术风格，带有西方太阳神织锦的出土说明当时的中原地区也流行这种纹饰。这种图像经过了中国本土艺术观念的洗练，融合了中国内地文化因素之后，又传播到了青藏高原的柴达木盆地[10]。都兰吐蕃墓葬出土的含绶鸟锦系粟特锦和波斯锦，具有厚实、平挺、覆盖严实等特点，说明其织造技术相当高超，而且配色和用色都非常讲究，对比强烈，鲜明，色牢度特佳，均不亚于中国织锦，说明中亚、西亚的织锦技术也达到很高水平[11]。而东、西两地丝织品在同一地区出土的现象说明，青海道在吐蕃国为主导的丝绸贸易中起着重要作用。

吐蕃时期，都兰一带气候相对温润，此地的吐蕃贵族多可享用丝绸，但是青海高原腹地气候寒冷，不宜穿着丝织品，尽管丝绸也经唐蕃古道输往拉萨等地，但往往作为上层人士间的馈赠佳品，是一种政治性礼品，也是荣耀、地位的象征[12]。经唐蕃古道运往西藏南部、尼泊尔等地的

丝绸或转卖至西亚，或为当地贵族及少量平民用作衣料。

唃厮啰时期，西域诸国经青海道把丝绸运往中亚、西亚进行交易，主导青海道经营权的唃厮啰贵族上层也喜爱享用丝绸衣料。北宋屯田员外郎刘涣出使青唐城，"唃厮啰迎导供帐甚厚，介骑士为先驱，引涣至庭，唃厮啰冠紫罗毡冠，服金线花袍、黄金带、丝履，平揖不拜，延坐劳问，称'阿舅天子安否'"[13]。 唃厮啰着装虽有本民族特色，但用料多为丝绸，说明青唐吐蕃人也通过朝贡贸易从中原获取丝绸。唃厮啰往往"市易用五谷、乳香、硇砂、罽毯、马牛以代钱帛"[14]，除自用外，唃厮啰可能像吐谷浑一样，还在青唐城向西域商人售卖丝绸。

汉晋时期，养蚕缫丝法已传入塔里木盆地[15]。至唐时，波斯一带成为世界第二大丝绸生产基地。至 14 世纪，意大利实现丝绸自产，并垄断了欧洲丝绸贸易[16]。加之棉花种植的推广，这都对中国丝绸外销形成较大抑制作用。一般都认为丝绸贸易衰落之后，丝绸之路迎来"茶叶世纪"[17]。事实上，丝绸与茶叶贸易在唐宋时期及明初是相交并的，唐代以来，茶马贸易是丝绸之路贸易史上的重要内容之一。

二 经青海道东输的商品

青海道沿线及西域诸国输往中原的商品往往为本地"方物"，即地方特产。自先秦时期，西羌把产于当地的玉料、铜器等输往中原，开启了西北地区特产运往中原的先河，自此后，吐谷浑、吐蕃、唃厮啰等皆用地方特产与中原交易。

吐谷浑善养马，《北史·吐谷浑传》云："青海周回千余里，海内有小山。每冬冰合后，以良牝马置此山，至来春收之，马皆有孕，所生得驹，号为龙种，必多骏异。吐谷浑尝得波斯草马，放入海，因生骢驹，能日行千里，世传青海骢者也。"向南朝、北魏等贡马，是吐谷浑时代朝贡贸易的主要手段。 据史料记载，拾寅曾"通使于刘彧，献善马、四角羊，或加之官号"[18]。另据《南齐书》卷五十九《河南传》，"宋世遣武卫将军王世武使河南，是岁随拾寅使来献。诏答曰：'皇帝敬问使持节、散骑常侍、都督西秦河沙三州诸军事、车骑大将军、开府仪同三司、领护羌校尉、西秦河二州刺史、新除骠骑大将军、河南王：宝命革授，爰集朕躬，猥当大业，祇惕兼怀。（夏中）[闻之]增感。王世武至，得元徽五年五月二十一日表，（闻之）[夏中]湿热，想比平安。又卿

乃诚遥著，保宁遮壇。今诏升徽号，以酬忠款。遣王世武衔命拜授。又仍使王世武等往芮芮，想即资遣，使得时达。又奏所上马等物悉至，今往别牒锦绛紫碧绿黄青等纹各十匹'" [19]。可见，当时吐谷浑与南朝是以马易丝绢的。夸吕统治时期，曾向南朝梁纳贡，天监十五年（516年），"又遣使献赤舞龙驹及方物。……普通元年（520年），又奉献方物。……其世子又遣使献白龙驹于皇太子" [20]。

至宋代，"河曲马"是茶马互市的主要马种，这一马种适宜骑乘驮载，自古为天然马匹良种 [21]。明时，整个藏区皆纳入茶马贸易的范围之中，"洮州火把藏思囊日等族，牌四面，纳马三千五十匹；河州必里卫西番二十九族，牌二十一面，纳马七千七百五匹；西宁曲先、阿端、罕东、安定四卫，巴哇、申中、申藏等族，牌十六面，纳马三千五十匹。下号金牌降诸番，上号藏内府以为契，三岁一遣官合符。其通道有二，一出河州，一出碉门，运茶五十余万斤，获马万三千八百匹" [22]。当时，明朝以五十余万斤茶易马一万三千八百多匹，其中"塞外四卫"及巴哇、申中、申藏等部落所贡"三千五十匹"当经湟中道至西宁卫城交易。清中期以来，茶马贸易废弛，但青海道沿线的马匹交易仍在持续，在丹噶尔，马匹"每年约四、五百匹，每匹约银十两，共银五千两。贩至兰州、西安一带销售者居多，宁属各乡亦买之" [23]。

除马外，青海牧区的诸多特产也经青海道运往中原销售，从《丹噶尔厅志》的相关记载看，产自牧区的大黄、牛、羊、羊毛、羔羊皮、骆驼毛、鹿茸角、麝香、盐、硼砂、硫黄等都经集市贸易运至内地 [24]。这些商品中的大多数当从吐谷浑时代即是贡往中原的"方物"。

西域地区的"方物"品种甚多。魏晋时期，滑国曾向南朝"遣使献黄师子、白貂裘、波斯锦等物" [25]，粟特曾向南朝进贡"生师子、火浣布、汗血马" [26]。于阗产美玉，齐家文化时期已通过青海道运往中原及西南地区，云南江川县李家山古墓出土的玉镯、玉耳环等饰件，经鉴定系和田玉制成 [27]。自汉以来，除经河西道大量进贡至中原外，于阗玉也从青海道运往江南、西藏等地。两晋时，"贵人、夫人、贵嫔……佩于阗玉" [28]。据《汉藏史集》，7世纪吐蕃王朗日伦时，从于阗诸地曾"将十八头骡子驮的玉石运到吐蕃" [29]。宋太祖开宝二年（969年），于阗曾向北宋进贡一块重达"二百三十七斤" [30] 的玉料。宋朝皇帝玉玺等

多用于阗玉，帝王陵墓中"玉圭、佩剑、玉宝等皆用于阗玉" [31]。于阗产好马，《续资治通鉴长编》卷三百六十一"元丰八年十一月壬寅条"记载："于阗国进马，赐钱百二十万"。《北史·西域传》记载，龟兹国产"胡粉、安息香、良马……土多孔雀，群飞山谷间，人取而食之"。这些特产也曾经青海道输往南朝。1970年，南京象山东晋豪门王氏7号墓发现两件直桶形白色透明玻璃杯，一整一残。完整的1件杯壁厚0.5~0.7厘米，白中呈黄绿色，口外刻有一周线纹和花瓣，腹部更有7个椭圆纹饰，其底部则有长形花瓣。沈福伟先生认为，"这件圆圈纹玻璃杯应该是直接从拜占廷运来的" [32]。如果此说可信，那么经西域的转口商品也有可能经过青海道运抵建康。此外，来自西域的药材、香料、银器、珠宝等也通过青海道运往中原。

上述来自西域的"方物"虽然珍贵，但未必实用，在不对等交换的朝贡贸易中，西域商团往往赚取了数倍于其供货物价值的利润，因此，他们东来朝贡的意愿十分强烈，这却给中原王朝带来沉重负担。中原政权为限制西域商团的进贡规模，往往以朝贡贸易制度来规范之。如北宋时期规定于阗"间岁一人贡，余令于熙秦州贸易" [33]，且"不得过一百日" [34]。清乾隆时，规定西藏进贡商团"亦如俄罗斯例，四年贸易一次，人数不得过二百，限八十日还部，来京者道出肃州、西安。其往肃州者，亦以四年为限，数不得过百人，除禁物外，买卖各从其便" [35]。

三 青海道沿线商贸活动的影响

青海道沿线商贸活动的兴盛，促进了当地经济发展，催生出诸多与丝路贸易息息相关的城镇。

吐谷浑城是当时青海道沿线最著名的贸易城镇，这座城镇处于羌中道南线的绿洲上，是西域商人进入青海道的重要中继站，交通条件十分便利，不仅是吐谷浑重要的政治中心，也是当时商业贸易的中心。因吐谷浑城远离中原，周边为荒漠，易守难攻，吐谷浑控制了白兰羌后，将此地当作战略后方，历代吐谷浑王一旦在黄河南岸的军事行动中失利，皆会沿河南道中线、西线与羌中道相连处北撤至此。交通、政治与军事上的优势，使得这座城镇的商贸活动能够平稳发展，日臻兴盛。吐蕃控制此城后，商业贸易活动非但没有停止，反而借青海道与西域间的贸易活动，使之

进一步繁荣。吐谷浑时期的树橔、贺真等城也是一座较为重要的商贸城镇，556 年，西魏拔树敦、贺真二城，"大获珍物"[36]，侧面说明了这两座城镇的繁荣。

北宋时期唃厮啰的青唐城也是一座著名的商贸城镇，据宋人李远《青唐录》，青唐城"枕湟水之南"[37]，城中"四统往来贾贩之人数百家"[38]，四面八方皆与其他丝道相通：

自青唐西行四十里至林金城，城去青海，善马三日可到，海广数百里，其水咸不可食，自凝为盐。其色青，中有岛，广十里。习宣往，意权至，赢粮居之。海西地皆平衍，无垄断，其人逐善水草，以牧放射猎为生，多不粒食。至此百铁堠，高丈余，羌云："此以识界。"自铁堠西皆黄沙，无人居。西行逾两月，即入回纥、于阗界。又犛牛城在青唐北五十余里，其野产牛，城之北行数日，绕大山，其外即接契丹。又青之南有泸戎，汉呼为"芦甘子"，其人物与青唐羌相类，所造铠甲刀剑尤良。泸戎之南，即西蜀之背，泸戎至蜀，有崇山，绝险之[39]。

从青唐城向西经林金城可至青海湖，此处是湟中道和羌中道的交汇处，从此向西可至回纥、于阗；从青唐城向北经犛牛城可至"契丹"，这条道实际上就是隋炀帝西巡至张掖的丝道；从青唐城向南至青海黄河流域，从此处南下即至川西北茂汶地区，这里是杂色胡人[40]聚居区，也是南下蜀地的必经之地。唃厮啰以青唐城为首都，与南北东西各个政权、民族、区域之间积极往来，为这一时期青海道的进一步发展奠定了良好的政治基础。

元明清时期，随着青海道沿线民族贸易的兴盛，出现了一些民族贸易城镇。其中，最为有名的当属丹噶尔城。雍正五年（1727 年）筑丹噶尔城，乾隆九年（1744 年），"西宁道杨应琚以路通西藏，逼近青海，为汉、土、回、番暨蒙古准噶尔往来交易之所，因关要隘，设县佐一员。旋经甘肃巡抚黄廷桂转奏，以高台县主簿移驻之。道光九年，陕甘总督杨遇春题准改设同知"[41]。丹噶尔地处黄河上游农牧业两大区域的分界线上，人称"海藏咽喉"，雍正后又成为甘肃行省和青海办事大臣所辖蒙藏游牧区的行政分界点，即处在"边内"和"边外"的交界处。这样良好的地理和交通位置，正是丹噶尔地方民族贸易赖以兴盛的内在依托[42]。当时，"丹地惟东路系通省郡大道，余皆毗连

青海，壤接蒙、番，山径峡路，四通八达。然湟流水浅多石，舟楫不通。陆地崎岖，车亦罕及。故运售货物，番人用牛与骆驼，汉人用骡、马与驴，亦有肩挑背负者，故货价每增于运脚焉"[43]。丹噶尔连通了青海道的三条干线，内地及西宁一带的商品经湟中道自东向西运至丹噶尔，西海蒙古所产青盐、硼砂、硫黄等经羌中道"自柴达木地方采取运来"[44]；从玉树土司地方经青藏大道"驮运牛皮、羔皮、野牦皮、毛褐、蕨麻、茜草等类，至丹境销售。……仍由丹地采办绸缎、布匹、桃、枣、糖果、丝线、佛金、玩器、铜、铁各货，每年有二次来丹贸易者"[45]。此外，河湟地区还有银塔寺、镇海营、多巴等民族贸易城镇，或为"茶马互市之通衢"[46]，或"居然大市，土屋比连"[47]。白塔儿（今大通县老城关）、多巴、碾伯城等仅次于西宁的重要商业集散地，也以民族贸易兴盛闻名一时[48]。一些寺院的庙会、祀祝之日也成为附近农牧民的集市日。如全国藏传佛教格鲁派六大寺院之一的塔尔寺，每年正月十四、十五日，四月十日至十九日，六月三日至十日，九月二十日至二十四日，定为瞻庙会，以正月庙会规模为最大。届时，省内外信教群众和各族商人纷至沓来，香客、商人数以万计。结古寺、拉家寺、都兰寺、隆务寺等，都是该地区重要的贸易场所[49]。

值得一提的是，青藏大道必经之地玉树结古镇也是一个借助青海道兴起的民族贸易城镇，直到近代，这座草原古城是青、藏、川之间民族贸易的汇集之地。民国时期，结古镇的商贾"多川边番客"[50]，他们把来自西藏的氆氇、藏红花、靛、阿味、磠砂、鹿茸、麝香、茜草、野牦皮生、羊皮生、羔皮生、藏糖、硼砂、桦木碗、藏枣、乳香、雪莲、蜡珀、珊瑚、铜铁丝、铜铁板及条、铜锅、铜壶、颜料、药材、小刀、城灰等运至结古销售。此地销售的桑皮纸、经典、洋瓷器、菜盒、锅碗、钟、杓之类，"皆自印度转来"，洋斜布、洋缎、洋线、鱼油、蜡、纸烟为"印度货"，帽子皮、呢绒皮、坎布三件则为"俄货"[51]。从四川打箭炉运来的茶"岁至十余万驮，多数运销西藏"，此外，洋布、绸缎、纸类、生丝类、哈达、类白色粗绸、酱菜、海菜、糖、瓷器、白米、熟牛皮、纸烟、孔雀石等也从四川运来[52]，从西宁、洮州运至此的商品有铜铁锅、铜火盆、铁掌、白米、麦面、大布、挂面、葡萄、枣、柿饼、瓷碗等[53]。可见，直到近代青海道仍支撑着结古的民族贸易。

注 释

[1] 蒋致洁：《丝绸之路贸易若干问题新论》，《中国经济史研究》1993年第4期。

[2]《后汉书》卷八八《西域传》，中华书局1965年点校本，第2919页。

[3]（宋）宋敏求：《唐大诏令集》卷一百三十《讨高昌王麴文泰诏》，商务印书馆1959年版，第702页。

[4]（唐）道宣：《续高僧传》卷二五《释道仙传》，任继愈等编纂：《中华大藏经》第61册，中华书局1997年版，第959页。

[5] 唐长孺：《南北朝期间西域与南朝的陆道交通》，《魏晋南北朝史论拾遗》，中华书局1983年版，第194页。

[6]《北史》卷八二《何妥传》，中华书局1974年点校本，第2753页。

[7]《周书》卷五〇《吐谷浑传》，中华书局1971年点校本，第913页。

[8] 北京大学考古文博学院、青海省文物考古研究所：《都兰吐蕃墓》，科学出版社2005年版，第130页。

[9] 北京大学考古文博学院、青海省文物考古研究所：《都兰吐蕃墓》，科学出版社2005年版，第20～26页。

[10] 许新国：《青海都兰吐蕃墓出土太阳神图案织锦考》，《中国藏学》1997年第3期。

[11] 许新国：《都兰吐蕃墓出土含绶鸟织锦研究》，《中国藏学》1996年第1期。

[12] 石硕、罗宏：《高原丝路：吐蕃"重汉缯"之俗与丝绸使用》，《民族研究》2015年第1期。

[13]《续资治通鉴长编》卷一二八，元康元年八月癸卯条记事，中华书局1985年版，第3035页。

[14]《宋史》卷四九二《吐蕃传》，中华书局1977年点校本，第14163页。

[15] 殷晴：《丝绸之路经济史研究》，兰州大学出版社2012年版，第229～235页。

[16] 蒋致洁：《丝绸之路贸易若干问题新论》，《中国经济史研究》1993年第4期。

[17] 郭卫东：《丝绸、茶叶、棉花：中国外贸商品的历史性易代——兼论丝绸之路衰落与变迁的内在原因》，《北京大学学报》（哲学社会科学版）2014年第4期。

[18]《魏书》卷一〇一《吐谷浑传》，中华书局1974年点校本，第2237页。

[19]《南齐书》卷五九《河南传》，中华书局1972年点校本，第1026页。

[20]《梁书》卷五四《诸夷传》，中华书局1973年点校本，第810～811页。

[21] 郑国穆、韩华：《甘南藏区茶马古道文化遗产考察研究——甘肃茶马古道文化线路遗产考察之二》，《鲁东大学学报》（哲学社会科学版）2014年第6期。

[22]《明史》卷八〇《食货志四》，中华书局1974年点校本，第1949页。

[23]（清）杨治平编纂，何顺平等标注：《丹噶尔厅志》（青海地方旧志五种），青海人民出版社1989年版，第274页。

[24]（清）杨治平编纂，何顺平等标注：《丹噶尔厅志》（青海地方旧志五种），青海人民出版社1989年版，第273～276页。

[25]《梁书》卷五四《诸夷·西北诸戎传》，中华书局1973年点校本，第812页。

[26]《宋书》卷九五《索虏传》，中华书局1974年点校本，第2358页。

[27] 王大道：《云南出土货币概述》，《四川文物》1988年第5期。

[28]《晋书》卷二五《志·舆服》，中华书局1974年点校本，第774页。

[29]（明）达仓宗巴·班觉桑布著，陈庆英译：《汉藏史集》，西藏人民出版社1986年版，第87页。

[30]《宋史》卷四九〇《外国六》，中华书局1977年点校本，第14107页。

[31]《宋史》卷一二二《礼二十五》，中华书局1977年点校本，第2848页。

[32] 沈福伟：《中西文化交流史》，上海人民出版社1985年版，第98页。

[33]（清）徐松辑：《宋会要辑稿》蕃夷四之一七，中华书局1957年点校本，第7722页。

[34]（清）徐松辑：《宋会要辑稿》蕃夷四之一八，中华书局1957年点校本，第7722页。

[35]《清实录》卷一一〇，乾隆五年二月上，中华书局1985年点校本，第635页。

[36]《周书》卷二八《史宁传》，中华书局1971年点校本，第468页。

[37]（宋）李远撰，马忠辑注：《青唐录》（青海地方旧志五种），青海人民出版社1989年版，第9～10页。

[38]（宋）李远撰，马忠辑注：《青唐录》（青海地方旧志五种），青海人民出版社1989年版，第10页。

[39]（宋）李远撰，马忠辑注：《青唐录》（青海地方旧志五种），青海人民出版社1989年版，第10～11页。

[40] 唐长孺：《魏晋南北朝史论丛》，河北教育出版社2000年版，第390页。

[41]（清）邓承伟修，张价卿、来维礼等纂，基生兰续纂：《西宁府续志》卷一《地理志》，青海人民出版社1985年版，第32～33页。

[42] 杜常顺：《清代丹噶尔民族贸易的兴起和发展》，《民族研究》1995年第1期。

[43]（清）杨治平编纂，何顺平等标注：《丹噶尔厅志》（青海地方旧志五种），青海人民出版社1989年版，第284页。

[44]（清）杨治平编纂，何顺平等标注：《丹噶尔厅志》（青海地方旧志五种），青海人民出版社1989年版，第276页。

[45]（清）杨治平编纂，何顺平等标注：《丹噶尔厅志》（青海地方旧志五种），青海人民出版社1989年版，第280页。

[46]（清）梁份著，赵盛世等校注：《秦边纪略》卷一《西宁卫》，青海人民出版社1987年版，第67页。

[47]（清）梁份著，赵盛世等校注：《秦边纪略》卷一《西宁卫》，青海人民出版社1987年版，第68～69页。

[48] 毕艳君、崔永红：《古道驿传》，青海人民出版社2007年版，第91页。

[49] 毕艳君、崔永红：《古道驿传》，青海人民出版社2007年版，第92～93页。

[50] 周希武编著，吴均校释：《玉树调查记》，青海人民出版社1986年版，第94～95页。

[51] 周希武编著，吴均校释：《玉树调查记》，青海人民出版社1986年版，第95～96页。

[52] 周希武编著，吴均校释：《玉树调查记》，青海人民出版社1986年版，第96页。

[53] 周希武编著，吴均校释：《玉树调查记》，青海人民出版社1986年版，第96页。

试析马家窑类型期多人舞蹈纹饰的渊源

肖永明·青海省文物考古研究所

甘青地区的几件马家窑类型的多人舞蹈纹彩陶盆以其鲜明的人物特征和丰富的思想内容以及精妙绝伦的彩绘艺术吸引了考古学、文化人类学、民族学、民俗学、历史学、美术学、宗教学、符号学等学者的高度关注，纷纷从不同的角度进行了解读，综合起来其功能主要是与表现原始人群的团结意识、生殖崇拜、狩猎及农业生产活动、祈求风调雨顺、消灾除病等原始宗教祭祀活动等有关。本文以多人舞蹈纹题材为线索，主要从大地湾地画、亚欧草原地带的岩画及西亚地区的彩陶题材中对比分析，以探求马家窑类型期多人舞蹈图案的渊源。

一 马家窑类型期舞蹈纹盆的演变规律及其共同特征

马家窑文化马家窑类型期，中国西北地区出现了以人物舞蹈为主题的多人舞蹈纹图案。目前，这种多人舞蹈纹盆共发现 5 件，分别是日本馆藏 1 件、甘肃会宁头寨乡牛门洞村出土 1 件、武威新华乡磨嘴子遗址出土 1 件、青海同德宗日墓地 M157 出土 1 件、大通上孙家寨墓地 M348 出土 1 件。有关这五件舞蹈纹盆的详细描述在《古代彩陶中的原始舞蹈图》一文中有详细介绍，此处不再赘述（图一，23 ~ 26）[1]。日本馆藏的这件曲腹盆为宽沿、敞口、浅腹、平底、鸡冠状耳，器形同兰州雁儿湾 H1:36 相近。构图方式采用三分法将内壁图案等分成相同的三组，外壁的波浪纹及卵点纹也是雁儿湾期常见的纹饰，内壁的中心带圆点的弧边三角纹主要见于马家窑早期至雁儿湾期的陶

器，所以这件彩陶盆为甘肃东乡林家中期（相当于雁儿湾期）的陶器，也是目前发现的最早的马家窑类型的多人舞蹈纹彩陶盆。牛门洞的这件彩陶盆为宽沿，口微敛，腹略深，无錾耳。器形同日本馆藏的这件较同类器较为接近，但是从腹略深，无錾耳的特征来看，应略晚于日本馆藏的那件，三分法的构图方式，带有尾饰及较为写实的舞蹈人物形象则与日本馆藏的舞蹈纹盆相近，以弧线纹和宽叶纹相隔人物图案的做法多见于林家中、晚期（相当于雁儿湾期及王保保城组期），所以综合来看牛门洞的这件陶器也应为林家中期（相当于雁儿湾期）的陶器，只是略晚于日本馆藏的那件。宗日多人舞蹈纹盆为属于宗日墓地一期二段，相当于王保保城期[2]。上孙家寨墓地 M384 中与舞蹈纹盆一同出土有另外 3 件盆和 1 件彩陶钵。这几件陶器同乐都脑庄 M1 的同类器器形相近，彩陶盆缘面较窄，腹变深，上腹较直下腹渐收，器型不很规整，做工趋于草率；内壁以三分法构图，外壁均饰纽结纹，应和乐都脑庄 M1 处于同一期别，即林家晚期三段[3]。磨嘴子舞蹈纹盆器形与甘肃河西走廊古浪县博物馆藏彩陶曲腹盆（0016）[4]、酒泉照壁滩遗址第三地点彩陶深腹盆（87JFZ-Ⅲ-002）[5]、武威五坝山墓葬的彩陶盆（M1:4）等同类器形接近[6]。河西走廊的这些器物为马家窑类型晚期与兰州小坪子阶段接近，是河湟地区马家窑文化经天祝地区影响到武威一带的结果[7]，磨嘴子舞蹈纹盆上的宽带纹、水波纹、成组的弧线纹、叶纹、弧边三角纹、卵点纹是小坪子期陶器常见的纹样，所以磨嘴子的这件舞蹈纹盆应该为小坪子期阶段。

演变规律：这五件彩陶盆的早晚关系是日本馆藏（相

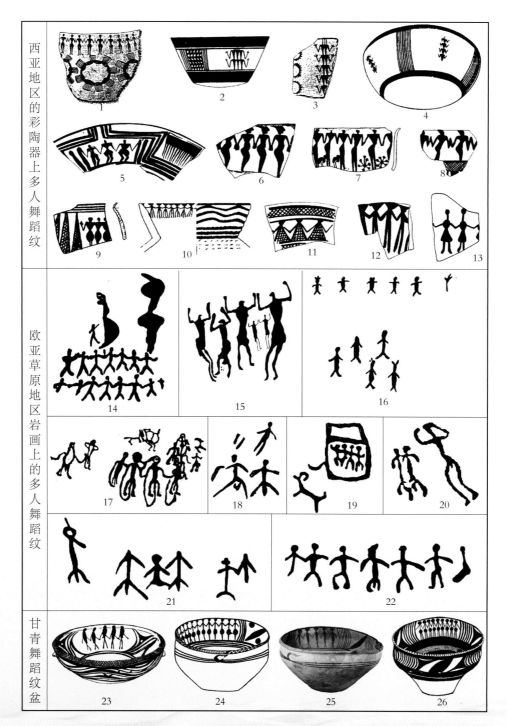

图一　西亚—亚欧草原—甘青地区岩画与彩陶上的多人舞蹈图案

西亚地区的彩陶器上多人舞蹈纹

欧亚草原地区岩画上的多人舞蹈纹

甘青舞蹈纹盆

1. 伊朗德赫洛兰平原地区（公元前8000年末～前7000年早期）

2、3. 伊朗德赫洛兰平原地区的克哈兹尼（公元前8000年晚期～前7000年早期）

4、5. 伊朗苏锡那平原地区（公元前6000年晚期～前5000年）

6～9. 伊朗平原诸遗址（公元前7000年晚期）

10. 两河流域萨迈拉文化（公元前6000年晚期～前5000年）

11、12. 两河流域哈拉夫文化（公元前5500年～前4500年）

13. 两河流域欧贝德文化（公元前4300年～前3500年）

14. 土耳其贝约克·达什德地区（公元前7000年～前5000年）

15. 哈萨克斯坦

16. 新疆富蕴县唐巴勒塔斯岩绘

17、18. 内蒙古磴口县托林沟（新石器时代）

19. 内蒙古乌拉特中旗几公海勒斯太（新石器时代）

20. 内蒙古格尔敖包沟（新时代晚期至青铜时代）

21. 内蒙古巴林右旗东马鬃山（新石器时代）

22. 内蒙古苏尼特左旗呼和楚鲁（青铜时代）

23. 日本馆藏

24. 青海宗日同德宗日墓地M157出土

25. 青海大通上孙家寨墓地M348出土

26. 甘肃磨嘴子遗址出土

当于林家中期或雁儿湾期稍早阶段）——牛门洞（相当于林家中期或雁儿湾期湾稍晚阶段）——宗日 M157（相当于林家晚期二段或王保保城期）——上孙家寨 M348（相当于林家晚期三段）——磨嘴子（相当于小坪子期）。它们反映了甘青地区舞蹈纹盆演变过程，从器型来看，舞蹈纹盆的演变规律是由敞口变为直口再变为微敛口，由宽沿变为窄沿，浅腹逐渐变为深腹，晚期的下腹内收。做工由精致趋于粗糙，晚期的器型不是很规整，器表粗糙，似未经打磨。彩绘中的人物形象由写实逐渐变得抽象和简化，到了晚期仅以圆点和线段来表现人物的头、下腹、躯干、四肢、发辫和尾饰。雁儿湾期的舞蹈纹盆外壁饰以水波纹和卵点纹，林家晚期变为纽结纹，小坪子期为外壁以弧边三角纹、宽叶纹和弧线纹为主。

共同特征：在构图方式上，几件舞蹈纹盆内壁近底部均有数道水波纹和一道横带纹，以三分法将内壁主题纹等分为三组，各组人物图像以宽叶纹或弧边三角纹进行分隔。在图案元素上，几件器物均以人物、卵点、水波、横带、宽叶纹、斜线纹、弧线纹、弧边三角纹为基本组合元素，各构图元素均有相对固定的分布位置。除宗日遗址的人物下肢多并拢在一起看不出尾饰外，其他舞蹈人物形象均带有或长或短的尾饰。其中日本馆藏、牛门洞及上孙家寨的人物均为五人一组，人物形象较为相似，写实性较强，均有尾饰。而宗日与磨嘴子的人物形象相近，用较为抽象的圆点和线段来表现人物的头、下腹、躯干、四肢、发辫和尾饰。人物每组人数分别是 13 人和 9 人。

二 从舞蹈纹盆的时空分布特点来看当时人们的经济形态

这几件文物纹盆均产生于马家窑文化马家窑类型期（公元前 3290 年~前 2880 年）[8]，这一时期是马家窑文化迅速扩展的时期。以青海东部的河湟地区为例，在马家窑类型期，以农业经济为基础的马家窑类型遗址的分布区域由化隆县黄河北岸支流伊沙尔河口一带逆黄河而上到达共和盆地的同德宗日一带；湟水流域则由民和县米拉沟河下游逆湟水河而上到达大通长宁及湟中多巴一带。这一时期，许多原来从事狩猎经济的人开始走向了农业化的道路，主要食物来源从猎取动物转变为种植粟和黍等谷物，人们从

食物链的最高端一下子到了食物链的最低端，从而极大地节约了社会劳动，降低了生活成本。从此人们可以有更多的时间去完善社会组织和丰富精神生活，彩陶的繁荣与农业化带来的生产力的解放有着密切的关系，舞蹈纹盆的出现是人类由于经济条件的改善进而促使精神生活走向繁荣的体现。

马家窑文化马家窑类型以陇西至青海东北部的黄河流域为分布中心，东北至宁夏南部，西北至酒泉东南部[9]，西南至青海同德宗日，南达白龙江上游甚至四川西北部[10]。从这四件有出土地点的多人舞蹈纹盆的分布来看，它们均出现在马家窑类型分布的西部和北部边缘地带，也就是马家窑类型期农业经济圈与周边采集狩猎经济圈的交融地带。处于这一地带的人群是新石器晚期阶段最后一波受到农业经济影响的人群，即原来从事狩猎经济的人群刚刚走向农化的道路。由于所处区域的自然环境一般是河谷上游地带，属农业的后开发区，土壤、水及光热等农业条件赶不上河谷中下游地区，而动物资源相对丰富，这一带的人们一般处于半农半猎的经济模式下，在很长一段时期内仍然保留着狩猎经济模式和狩猎经济模式下的一些生活习俗。以宗日遗址为例，宗日遗址地处马家窑类型的西南边缘，农业在经济生活中占据着主导地位，通过宗日遗址人骨的稳定同位素分析的结果表明：旱作农业在先民食物中的地位逐渐增强，而渔猎活动逐步减少[11]。通过对宗日动物骨骼分析结果表明：除了发现有黄牛的蓄养外，未见猪和羊的蓄养，人们的肉食来源主要是狩猎[12]。这种新石器时代农业经济区残存的狩猎经济模式在舞蹈纹盆上主要表现在两个方面：一是舞蹈纹盆上这种多人舞蹈的集体社会活动可能来源于狩猎经济模式下岩画中的多人舞蹈题材；二是舞蹈纹盆的人物形象多带有尾饰，而尾饰是狩猎人群的基本着装。

三 彩陶纹盆上的多人舞蹈纹饰与狩猎经济时代岩画中多人舞蹈题材的渊源关系

牛门洞、上孙家寨、磨嘴子多人蹈纹盆上的人物图像均带有尾饰，从旧石器带到新石器时代乃至青铜时代，以狩猎为主题岩画中的人物形象也多带有尾饰。尾饰是史前狩猎人群常见着装，为了取得狩猎的成功，猎人一般披上兽皮系上兽尾，伪装成动物，已达到迷惑和引诱猎物的目的，

以便尽可能近的接近动物而发起攻击。一般在狩猎活动进行之前进行以祈求狩猎成功为目的狩猎巫术活动，表现形式类似于狩猎前的演练，也是要披上兽皮露出尾饰。狩猎成功后也会带上分得猎物跳庆功舞，尾饰逐渐成为狩猎人群的一个常见的标志 [13]，所以说舞蹈纹盆中人物尾饰是狩猎部落进入农业社会时原有狩猎文化因素在彩陶上的体现，是岩画题材向彩陶载体的转移，一定意义上说是狩猎文化因素与农业文化因素的结合的产物。多人舞蹈题材来自于狩猎经济模式下的岩画题材，在北方岩画题材中，多人舞蹈纹通常是被认为是与祭祀或宗教有关的集体社会活动。创作岩画本身是此类活动的一个重要内容，岩画的创作一般选在水草丰美，动植物资源丰富的岩体附近。多数大型岩画附近往往能找到与之对应的遗址或墓葬等人类活动的遗迹，反映了大型岩画附近是狩猎或游牧人类群体生活中的必不可缺少的公共活动场所和政治中心。决定围猎计划、祭祀、战争等部落内重大事情往往在岩画附近举行，大型岩画题材起到促进部落的团结、协调统一行动和原始社会教育的作用。这些狩猎部落开始从事农业生产以后，旧有的观念及习俗不会突然地改变而且有继续存在的现实需求，但是许多适宜农业生产的地带由于缺少自然的岩体并不具备制作大型岩画的条件，而来自东部农业部落成熟的彩陶工艺是岩画题材最好的表现载体，像接受农业文明一样，自然会被刚刚从事农业生产的土著狩猎人群所接受，从而使固定的岩画变成了可移动的岩画。我们注意到一些大型精美的彩陶器一般出土在聚落中的大中型房址，被氏族首领所掌握，如大地湾遗址中的精美彩陶多出土于大中型房址中 [14]。在彩陶器的修复、整理过程中，我们也观察到和其他陶器相比，大型精美的彩陶器器底磨损程度很高，说明此类器物被人们所经常使用，有些彩陶还有修补的痕迹。种种迹象表明，这种大型精美的彩陶器在人们的生活中处于一种较高的位置，可能与史前祭祀活动有关。集体舞蹈纹盆在一定程度上似乎替代了大型岩画的功能，多人舞蹈纹盆的出现是马家窑文化形成的地方因素的重要体现。

马家窑类型多人舞蹈纹盆出现以前，在以农业经济为基础的仰韶文化和马家窑文化早期阶段中仅见到一例以人物舞蹈为题材的画面，那就是距今约 5000 年 [15] 的仰韶晚期文化（大地湾四期文化）中发现于 F411 的地画（图二，1）[16]，关于该地画的解读中有"狩猎说""丧葬说""驱鬼说""驱虫说""男性崇拜说""生殖崇拜说"等，笔者认为狩猎说较为可信，该画面是狩猎前进行的祈求狩猎成功的媚神巫术表演或狩猎成功后分得猎物后进行的欢庆舞。理由有五：一是图中男子的尾饰是北方岩画题材中狩猎人的常见装束。二是在北方岩画的狩猎题材中往往用夸大的男根来表示猎人的雄健与强悍，以显示其与野兽搏斗的能力和高超的狩猎技能。盖山林先生对阴山岩画中的一副男子狩猎图作如下描述："在原始猎牧民看来，男子生殖器的大小，不仅是此人壮健与否的指示器，也是健美程度的测试物，持弓男子生殖器格外大，他一定是一位超凡的狩猎能手了"（图二，3）[17]。三是人物脚下被俘获的动物表现方式在北方岩画题材中较为常见，常常通过侧视的方式用成组的折线或螺旋纹表示虎、狼等猛兽健硕的肌肉。四是其他几种说法不能合理解释人物与动物之间残留的一些类似"丁"字形的墨迹，狩猎说解释其为已经肢解的动物是比较合理的。五是与大地湾地画所表现内容相近的题材也出现在狩猎人群所遗留的岩画中，如阴山岩画图 391 的双人狩猎舞虽然可能在时代上可能有差异，但是其构图特征和反映狩猎活动的制作动机是一致的（图二，2）[18]。所以说大地湾地画的题材来源也是与北方的狩猎人群有关的，而不是源自于以农业经济为基础的仰韶文化。而值得注意的是，在房址墙壁或地面施彩作画做法见于中亚土库曼斯坦的新石器时代早期的哲通文化（公元前 6000 年～前 5000 年）[19] 和安诺文化（公元前 5000 年～前 3000 年）[20]，其年代早于大地湾四期的 F411 地画，二者似乎存在着渊源关系。

在北方岩画体统中，这种多人舞蹈的题材从旧石器时代晚期开始出现，新石器时代至青铜时代较为流行，这些岩画题材由北方草原地带的原始狩猎人群和青铜时代以后的游牧人群所制作。在中国境内的内蒙古、宁夏、甘肃、青海、新疆地区分布有数万幅的岩画 [21]。继续向西在西伯利亚南部（哈卡斯、阿尔泰、图瓦），哈萨克斯坦，吉尔吉斯斯坦，乌兹别克斯坦，伊朗，土耳其等中亚及西亚地区也有大量的分布 [22]。在这条岩画带上，国内代表性的岩画有内蒙古东马鬃山岩画、阴山岩画、乌兰察布盟岩画、阿拉善岩画、宁夏贺兰山岩画、中卫岩画、甘肃靖远吴家川岩画、金昌县北山岩画、嘉峪关黑山岩画、玉门市的鹿子沟和石墩子梁岩画、肃北蒙古族自治县的马鬃山岩画，新疆岩画主要分布在阿尔泰山、天山、昆仑山地区，其中阿

图二 大地湾地画与阴山岩画中的狩猎形象对比
1. 大地湾 F411 地画 2. 内蒙古阴山岩画图 391 3. 内蒙古阴山岩画图 49

勒泰地区有阿勒泰市阿克塔斯洞窟彩绘岩画、哈巴河岩画、吉木乃岩画、富蕴县唐巴勒塔斯洞窟彩绘岩画等[23]。这些岩画存量很多，但是正式调查登记、发表得却很有限。在新石器时代，创造这些岩画的北方原始狩猎采集人群与以农业为基础的仰韶晚期文化、马家窑文化人群曾发生过交流与联系，许多图案、符号既出现在彩陶上又出现在岩画中，如彩陶上的多人舞蹈纹、太阳纹、圆圈内接十字纹、十字纹、螺旋纹、同心圆纹、卵点纹、蜥蜴纹、鸟纹、三角纹、乜字纹等也见于内蒙古巴丹吉林沙漠岩画、乌兰察布岩画、阴山岩画，宁夏贺兰山岩画、中卫岩画等北方岩画题材中。只是由于岩画缺乏精确的断代手段，难以确定这些图案最初是来源于岩画还是彩陶，但是从狩猎采集人群向农业人群转化的大的趋势来看，仰韶文化晚期至马家窑类型期农业文化中新出现的一些彩陶图案，可能是来源于周边地区狩猎采集人群所创作的岩画题材，这些图案成为马家窑文化形成的地方文化因素之一。以多人舞蹈为题材的岩画见于内蒙古巴林右旗东南胡日哈苏木境内的东马鬃山岩绘[24]、苏尼特左旗巴彦哈尔塔西南呼和楚鲁岩画[25]、橙口县托林沟岩画[26]、乌拉特中后联合旗西南山崖岩画[27]、阴山格尔敖包沟岩画[28]、宁夏贺兰口岩画[29]，甘肃嘉峪关的黑山岩画[30]、新疆哈巴河县多特洞窟红色崖壁画岩画[31]、阿勒泰市汗德尔特乡巧尔黑岩画[32]、蕴县唐巴勒塔斯洞窟岩绘[33]、富蕴县唐巴勒塔斯岩绘[34]、石门子呼图壁岩画[35]，哈萨克斯坦的六人舞

蹈岩画[36]，土耳其贝约克·达什地区的岩画等[37]。这些多人舞蹈岩画的年代多在新石器时代至青铜时代，多数多人舞蹈的岩画还不能精确断代。目前被认为是新石器时代的多人舞蹈的岩画多出现在欧亚之间草原岩画带的东西两端，东端的新石器时代多人舞蹈岩画有内蒙古巴林右旗东南胡日哈苏木境内的东马鬃山岩绘、橙口县托林沟岩画、乌拉特中后联合旗西南山崖岩画。西端的有土耳其贝约克·达什地区公元前 7000 ～前 5000 年的连臂舞蹈岩画、土耳其贝约克·达什地区公元前 6000 年的连臂舞蹈岩画（图一，14 ～ 22）。

更值得注意的是在这种集体舞蹈为题材的亚欧之间草原岩画走廊的东西两端，都存在有多人集体舞蹈为题材的彩陶文化，他们都是以农业经济为基础的，东端的多人舞蹈纹饰出现在中国西北甘青地区的马家窑类型期（公元前 3290 年～前 2880 年），西亚地区的多人舞蹈彩陶纹饰主要分布在美索不达米亚、伊朗、巴基斯坦西部，流行于公元前 8000 年末～前 6000 年前，公元前 6000 年以后，多人舞蹈题材逐渐在西亚地区逐渐衰减，在公元前 3000 年趋于消失[38]。西亚地区的舞蹈纹饰出现的年代早，延续的时间长、分布的区域广，表现的方式多样，对南亚、中亚甚至中国西部的多人舞蹈纹产生过深远的影响。西亚的舞蹈纹于公元前 9000 年最早出现在地中海东岸的巴勒斯坦黎凡特地区，这一时期多为刻在石板或石盆上的雕刻。公元前 8000 年～前 7000 年时，向东扩展到美索不达米亚和伊

朗，在公元前 7000 年晚期到达巴基斯坦西部的梅赫尔格尔地区。同时又向西部和北部地区推进至安那托利亚、阿美尼亚、希腊、巴尔干和东南欧洲。从时间上看，公元前 7000 年左右，舞蹈纹饰的分布范围最广，出现的频率最高，达到鼎盛时期。约在公元前 6000 年，中心地区由美索不达米亚和伊朗转移到埃及等地区，但规模和数量已大不如从前。公元前 3000 年，舞蹈纹饰在西亚大部分地区已经消失。西亚各地舞蹈纹的表现方式各有特色，分布于伊拉克、叙利亚北部和土耳其东南、伊朗、巴基斯坦地区的舞蹈纹以彩陶为表现方式。近东西部和北部地区从黎凡特到安那托利亚和亚美尼亚则普遍采用浮雕手法来描绘舞人像，也有用石板上的阴线刻和壁画表现的。东南欧的彩陶上常见的舞蹈人像采用的技法大多为贴塑，很少见彩绘或阴线刻（图一，1 ~ 13）[39]。西亚地区的多人舞蹈彩陶器年代要早于中国西北甘青地区，当西亚地区的多人舞蹈纹衰落的时候，甘青地区的多人舞蹈纹彩陶才开始出现。

从旧石器时代到青铜时代，欧亚草原之间狩猎采集人群所创作的岩画题材中都存在有以多人舞蹈为题材的作品，在青铜时代以前，欧亚草原地带的多人舞蹈岩画的制作者是主要狩猎采集人群。游猎的特点就是活动的范围大，往往没有固定的区域，动物因人类的追逐很容易改变规律性的活动区域，越是远离人类越是安全，在人类经常活动区域的动物由于经常受到人类的捕获和惊吓，一般警觉性很高，潜移默化的保持着与人类的距离，使得人类捕获动物所付出的劳动成本很大。对于人类来说，要想取得丰厚的狩猎成果，需要不断地改变游猎场所，往往越是在人迹罕至的游猎区域，动物对人类的警觉性越低，狩猎会取得出其不意的效果。狩猎采集经济晚期阶段，由于人口或环境变迁的压力使得狩猎活动范围变得越来越大，尤其是在北方漫长严寒的冬季，由于缺乏可以采集的植物，动物资源是唯一的食物来源，这就迫使人类跑更远的路到自然条件更艰苦的地方去追逐猎物。由于狩猎活动的范围增大，客观上促使更大区域的游猎部落的互动，从而促进了文化的交流与传播。农业人群的文化一般是以河流为主线进行的线形传播，而游猎和游牧民族往往轻易地跨过山系进行远距离的传播。与定居农业和游牧经济相比游猎经济下文化因素传播性和穿透力更强，所以狩猎经济晚期阶段，欧亚草原地带之间存在的文化交流的可能性是很大的，来自西

亚地区的多人舞蹈纹饰有可能通过狩猎人群以岩画为媒介传播到甘青地区马家窑类期的彩陶器上。

虽然仰韶文化的"西来说"已经得到彻底的否定，但也不能因此否定远古以来亚欧东西方之间的文化交流与互动。从旧石器时代中晚期开始，东西方人群就有了来往，西方的勒瓦娄哇石器技术东传和中国北方东谷坨石器技术的西传，拉开了东西方文化交流的序幕[40]。新疆地区的细石器基本上也是非几何形的华北细石器工艺，说明旧石器晚期阶段至新石器早期阶段的北方草原的文化也是有着大范围的互动和交流的。在新石器早期约公元前 6000 年前中亚地区已经驯养了绵羊[41]，而在距今 5600 ~ 5000 年左右，家养绵羊可能已经引入甘青地区[42]。在公元前 3000 年，源于西亚地区的小麦、权杖、青铜器等可能经中亚地区传入中国西北地区[43]。中国西北地区与西亚地区的多人舞蹈纹盆在人物连臂的姿势，三分法构图方面相近，人形蛙纹、网纹等其他彩陶纹饰方面也有相似之处。此外，上文提到的大地湾四期地面作画的方法见于中亚土库曼斯坦的哲通文化和安诺文化。各种迹象表明，在公元前 3000 年左右来自西亚—中亚的多人舞蹈纹饰、小麦、绵羊、青铜器、权杖、地画、卐字纹等文化因素已传播到了甘青地区。另一方面，来自中国西部的马家窑文化马家窑类型的半地穴式居址、二次葬、双孔或单孔石刀、磨制石斧、锛、凿、串珠、陶器底部的席纹或篮纹等文化因素影响到了南亚次大陆东北部帕米尔山谷的布尔扎霍姆遗址（Burzahom，也译为布尔扎洪，公元前 3000 年～前 2500 年）[44]。

四　结语

在马家窑文化马家窑类型的雁儿湾期，甘青地区的黄河上游流域的彩陶图案中出现了具有写实风格的多人舞蹈纹盆，相当于林家晚期二段多人舞蹈纹盆出现在黄河上游的青海同德宗日遗址，相当于林家晚期三段出现在湟水河上游的青海大通上孙家寨墓地，在小坪子期出现在河西走廊的磨嘴子遗址。这种舞蹈纹盆分布在马家窑文化马家窑类型的西部边缘，处于农业经济与狩猎经济的交融地带，与中国北方地区新石器时代岩画中的多人舞蹈纹图案有着渊源关系，是狩猎部落向农业部落转型过程中狩猎文化因素到农业文化的转移，这种多人舞蹈题材的载体经历了由

岩画到彩陶的转变，图案中人物形象的尾饰是狩猎文化因素的象征，同时表明了该部落的农业化的程度。这种源自于狩猎部落的多人舞蹈纹图案是马家窑文化形成的地方文化因素之一，随着农业化程度的加深及个体家庭的出现这种代表狩猎文化因素的多人舞蹈题材逐渐淡化以至于消失，但是在农猎结合的边缘地区仍有长时间的影响，特别是对以后的四坝文化的多人舞蹈纹产生了深远的影响。甘青地区马家窑类型的多人舞蹈纹图案同公元前9000～前6000时期的西亚地区的多人舞蹈图案相比有着很大的相似性，有可能是欧亚之间的狩猎人群以岩画为媒介，将来自于西亚地区的农业部落的多人舞蹈纹题材传播到甘青地区马家窑类型的多人舞蹈盆上。

注　释

[1]欧阳希君：《古代彩陶中的原始舞蹈图》，《文物鉴定与鉴赏》2011年第3期。

[2]陈洪海：《宗日遗存研究》，北京大学考古系博士研究生学位论文，2002年。

[3]张忠培、李伊萍：《关于马家窑文化的几个问题》，《庆祝苏秉琦考古五十五年论文集》，文物出版社1989年版，第266页。

[4]甘肃省文物考古研究所、北京大学考古系编：《河西走廊史前考古调查报告》，文物出版社2011年版，第65页。

[5]甘肃省文物考古研究所、北京大学考古系编：《河西走廊史前考古调查报告》，文物出版社2011年版，第235页。

[6]甘肃省文物考古研究所：《武威塔儿湾新石器时代遗址及五坝山墓葬发掘简报》，《考古与文物》2004年第3期。

[7]甘肃省文物考古研究所、北京大学考古系编：《河西走廊史前考古调查报告》，文物出版社2011年版，第415页。

[8]严文明：《马家窑文化》，《中国大百科全书·考古学卷》，中国大百科全书出版社1986年版，第301～305页。

[9]甘肃省文物考古研究所、北京大学考古系编：《河西走廊史前考古调查报告》，文物出版社2011年版，第235页。

[10]成都市文物考古研究所等编：《四川茂县营盘山遗址试掘报告》，《成都考古发现·2000》，科学出版社2002年版，第1～77页。

[11]崔亚平等：《宗日遗址人骨的稳定同位素分析》，《第四纪研究》2006年第4期。

[12]安家瑗、陈洪海：《宗日遗址动物骨骼研究报告》，《动物考古》（第1辑），文物出版社2010年版，第232～240页。

[13]盖山林：《从阴山岩画看我国古代北方游牧人的舞蹈艺术》，《中央民族学院学报》1981年第1期。

[14]甘肃省文物考古研究所：《秦安大地湾新石器时代遗址考古发掘报告》，文物出版社2006年版，第699页。

[15]于嘉芳、安立华：《大地湾地画探析》，《中原文物》1992年第2期。

[16]甘肃省文物考古研究所：《秦安大地湾新石器时代遗址考古发掘报告》，文物出版社2006年版，第435页。

[17]盖山林：《中国草原岩画与古代游牧民的生命意识》，《美术史论》1992年第2期。

[18]盖山林：《阴山岩画》，文物出版社1986年版，第101页。

[19]夏鼐等编：《中国大百科全书·考古卷》，中国大百科全书出版社1986年版，第647页。

[20]夏鼐等编：《中国大百科全书·考古卷》，中国大百科全书出版社1986年版，第17页。

[21]盖志毅、盖山林：《我国北方草原古代游牧经济的岩画学观察》，《农业考古》1992年第1期。

[22]安泽卓尔·茹瓦杜斯基著，杨超译：《审视中亚岩画》，《中国社会科学报》2012年3月26日第5版。

[23]张文静：《中国岩画的区域分布及特点比较》，《内蒙古社会科学》（汉文版）2013年第3期。

[24]盖山林、盖志浩：《内蒙古岩画的文化解读》，北京图书馆出版社2002年版，第316页。

[25]盖山林、盖志浩：《内蒙古岩画的文化解读》，北京图书馆出版社2002年版，第208页。

[26]盖山林：《阴山岩画》，文物出版社1986年版，第257页。

[27]盖山林：《阴山岩画》，文物出版社1986年版，第21页。

[28]盖山林：《阴山岩画》，文物出版社1986年版，第224页。

[29]王系松举：《贺兰山岩画》，宁夏人民出版社1990年版，图版1。

[30]甘肃省文物考古研究所：《甘肃嘉峪关黑山古代岩画》，《考古》1990年第4期。

[31]赵养锋：《略谈阿尔泰山岩画中的舞蹈图》，《岩画》，中央民族大学出版社出版1995年版，第45～46页。

[32]赵养锋：《略谈阿尔泰山岩画中的舞蹈图》，《岩画》，中央民族大学出版社出版1995年版，第43页。

[33]苏北海、孙晓艳：《新疆母系氏族社会时期的洞窟彩绘岩画》，《岩画》，中央民族大学出版社出版1995年版，第78页。

[34]刘青砚、刘宏：《阿尔泰岩画艺术》，山东美术出版社1998年版，第18页。

[35]王炳华：《新疆天山生殖崇拜岩画》，文物出版社1991年版，第14～16页。

[36]李淼、刘方：《世界岩画资料集》，中国工人出版社1992年版，第37页。

[37]汤惠生、张文华：《青海岩画》，科学出版社2001年版，第137页。

[38]约瑟夫·加芬克尔著，杨谨译：《试析近东和东南欧地区史前彩陶上的舞蹈纹饰》，《考古与文物》2004年第1期。

[39]约瑟夫·加芬克尔著，杨谨译：《试析近东和东南欧地区史前彩陶上的舞蹈纹饰》，《考古与文物》2004年第1期。

[40]刘学堂：《石器时代东西方文化交流初论》，《新疆师范大学学报》（哲学社会科学版）2012年第4期。

[41]苏公立：《论中亚石器时代文化》，贵州师范大学硕士学位论文，2005年。

[42]傅罗文、袁靖、李水城：《论中国甘青地区新石器时代家养动物的来源及特征》，《考古》2009年第5期。

[43]李水城：《文化馈赠与文明的成长》，《庆祝张忠培先生七十岁论文集》，科学出版社2004年版，第8～20页。

[44]A.H.丹尼、V.M马松等编：《中亚文明史》（第一卷），中国对外翻译出版公司2002年版，第95～104页。

追踪溯源
——丝路文明闪耀青海

柳春诚·青海省博物馆

闻名中外的古代"丝绸之路"，自1877年德国地理学家费迪南德·冯·里奇霍芬以学术概念提出至今也不过百年之久，而丝绸之路的历史至少可以追溯到汉代，甚至更早。众所周知的传统丝绸之路自长安到敦煌形成南、北、中三条主要干道。北道起自长安，过宁夏、额济纳旗；中道沿泾河流域抵达平凉，过六盘山，向西沿祖厉河在靖远渡黄河，再经景泰、大靖至武威，后沿河西走廊西行；南道经天水、秦安、渭源、临洮至金城（兰州）过黄河到河西；或由临洮至临夏，然后西北行至青海东部，或过日月山、青海湖、柴达木、穿越新疆、直到中亚和地中海。然而，还有丝绸之路南线青海道却鲜为人知。实际上，人们所说的北中南三线仅仅是个大体的划分。由于战争、气候等因素，这些线路在历史上常处在一种时断时续、时分时合的状态之中。

一 丝绸之路青海道的早期雏形

丝绸之路不会一夜间突然形成，道路的开通最初是人类出于生计需要，顺着河流谷地、隘口散居觅食、婚媾，进行余缺互通，开展社会生活，文化交流，经过无数次的探索与磨合最终而形成。据考古资料获悉，青海境内的可可西里、沱沱河、三叉口、大小柴旦等地早在3万年前的旧石器时代就有人类活动的迹象。20世纪40年代，我国著名考古学家裴文中先生根据青海湟水流域出土的大量新石器时代遗物，推测由祁连山南，沿湟水至青海湖，再经柴达木盆地至新疆，是一条主要的中西交通要道。周伟洲先生认为，丝绸之路青海道与河西道一样，早在秦汉以前就已经存在。实际

上，由青藏高原东缘向西发展，特别是沿湟水上溯的史前人类移动线路、已大致构成后来丝绸之路青海道东西两段的走向，其早期开发者应归属于青铜时代卡约文化的主人——古代羌人（图一）。

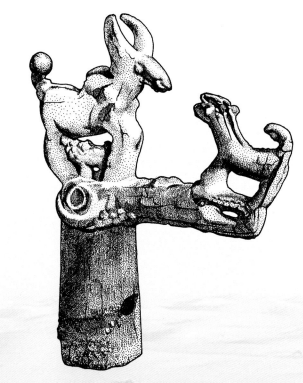

图一 犬戏牛铜鸠杖首
（1983年青海省湟源县大华乡中庄卡约文化墓地出土）

翻开战国时期成书的《穆天子传》，今青海境内的"乐都""积石"等地名便已存在。从"周穆王参会西王母故事"开始推测，按穆王西进方向和一般的地理概念判断，

他有可能是从宗周（镐京）出发，进入青海境内后，沿湟水河逆行至青海湖，或以北线顺祁连山南坡进入海西天峻、德令哈、怀头他拉、大小柴旦，穿越当金山；或由南线经茶卡、进入察汗乌苏、香巴、诺木洪，最后两条线路均指向昆仑山（昆仑山在青海说）。按地缘文化概念分析，周穆王率七萃之士，幸驾八骏，出于宗周，游于昆仑，会西王母，祭祖先，取珍宝，求玉器，沿途处处收获奇珍异闻。青海高原恰恰隐含着中国人最为深厚的文化遗传音符，这又恰恰是中原与西部往来最原始的记录，也是中华民族对于"赫赫我祖，来自昆仑"的文化缅怀。

人类早期交通是受人文生态环境所限定的。青海是我国西部地区农耕与游牧文化交汇地带，可分青海湖以东的农业区和柴达木盆地的牧业区。两种生产方式及其社会生活具有强烈的互补性，为人际交往、文化往来提供了先决条件。两种生产模式的互通向东主要靠自然条件逶迤绵延的河流，向西则主要靠星罗棋布的天然淡水湖泊。在中国西北地区，沟通中西文化最理想的道路应该是沿着湖泊、河流等水源地走廊，即分布在昆仑山系的大小湖泊与黄河水系规定、形成和发展起来的古今通道。

此外，周穆王西进过程中一条重要的文化信息就是求取宝玉，因祁连（古称南山）少玉，惟继续西进才能在昆仑深山获取，这里沿途有着棋盘罗布的湖泊，淡水补给充足。十分发达的诺木洪文化发祥于柴达木盆地，据^{14}C测定距今2715年±115年，树轮校正年代为距今2905年±140年，该年代恰在西周年代之内，与典籍记载周穆王西巡所处年代基本吻合。诺木洪遗址出土的带肩石斧、角斧、骨笛、陶塑牦牛（图二）、麻织物等文物，具有青海高原的时代特征。尤其是出土2件安装16根辐条的松木质残车毂，充分证明当时作为代步工具的车辆已经在青海高原生根。由此推测，穆王完全有能力前往这一区域活动。青海一地，东西分别有民和县阳洼坡、核桃庄、喇家，乐都县柳湾，大通县上孙家寨，循化县阿哈特拉，贵南县尕马台以及海西州境内均发现了史前人类活动遗存，从新石器时代的马家窑文化到青铜时代的卡约文化、诺木洪文化，上下延续2000年之久，文物甚多，遗址连缀，十分清晰地勾勒出青海高原早期人类贯通东西的经纬线路。我们将这里近百年出土的文物进行排列、对比、分析，与所推想的路线基本重合，说明这一时段的早期人类活动是贯通的。因此，

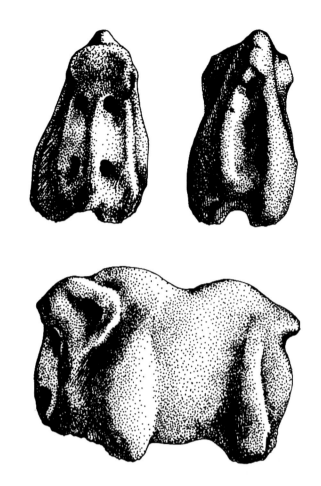

图二　陶塑牦牛
（1959年青海省海西州都兰县诺木洪农场塔温他里哈遗址出土）

古籍记载的内容绝非虚构，当为中原与西方交往的实录，而西王母的原型或许是先羌诸部中一个以女性为统领的部族通称，这条早期道路可称为穆王道或西周道。时隔800年后，张骞出使西域所遵循的古道抑或是以此为标杆的。

二　丝绸之路羌中道的形成

先秦时期生活在青海高原的古代人群主要有羌、氐、戎等部族。《竹书记年》有："成汤十九年，大旱，氐羌来宾"的记载。氐羌名称在成汤十九年（公元前1581年）就已出现。《诗经》载："昔有成汤，自彼氐羌，莫不敢来享，莫不敢来王，曰商是常。"这是商武丁三十四年（公元前1291年）伐西戎的记载。大约在春秋战国以后，称迁徙于蜀西南徼外（今四川西部，云南西北部）的一支族群为氐；称迁徙于青海南部、西藏北半部和原居地的氐羌仍然为羌。居住在白龙江（羌水）流域的氐羌，汉初称为白马羌，

到西晋时又称为白马氐，武都羌又称武都氐。氐、羌本一族，自秦汉以后依据他们所处的历史地理条件才分开称谓。到汉代对诸羌又称为"西羌"。关于三苗流放三危之事最早见于《尚书·舜典》之"窜三苗于三危"。但《后汉书·西羌传》记载的较为详细："西羌……其国近南岳。及舜流四凶，徙之三危，河关之西南羌地是也。滨于赐支，至乎河首，绵地千里。"羌人是青藏高原乃至西北地区最大的一支古老民族，无弋爰剑支系最大，为西羌盟主，其部族众多，分支多达一百五十种，羌人是青海和新疆最早的开发者。据《后汉书·西羌传》记载:无弋爰剑逃往三河间(黄河、赐支河、湟河)的道程是由渭河流域经洮河——大夏河——渡黄河到达湟水流域，这是目前所知最早由内地通往河湟地区的"羌中道"中的一段——"河湟道"。

公元前384～前362年，秦献公即位，曾兵临渭首歼灭狄獂戎。无弋爰剑后裔有的向东南走藏彝走廊（"羌氐道"）到达白龙江、岷江流域，越过长江进入云贵高原；有的向南越江河源头，到雅鲁藏布江流域，后来成为吐蕃国；有的向西走"婼羌道"，经柴达木盆地——昆仑山南北——远抵葱岭以西建立婼羌国。羌人迁徙由白龙江、岷江流域经过河湟地区、环青海湖地区至葱岭的西行道路就是先秦时期最著名的"羌中古道"。

汉代古籍记载的羌人向西"出赐之河曲西数千里"，古代将黄河源头到今青海贵德一带的河流统称为赐支河，又将靠近源头的一段河流称为赐支河首，将今贵德县以西的一段称为赐支河曲。向西数千里，当是柴达木盆地及其西部区域。古代羌人依照驻牧的需要，其活动范围十分广阔。他们由东向西，直至葱岭以西，凡两千余里。

羌中道的命名最早出现在《汉书·张骞传》中，张骞于汉武帝建元三年为实施汉朝联络大月氏夹击匈奴的战略构想而出使西域。公元前138年，张骞一行奉命西进至河西走廊时，被匈奴俘虏十余载。汉武帝元朔元年（公元前128年），张骞等三十多人逃出匈奴魔掌抵达大月氏，联合月氏使命落空后，在返途中欲选择"羌中"作为躲避匈奴的返程线路未果，再次被匈奴截留一年，于公元前126年回到长安。张骞虽未途经青海，但"羌中道"从此声名鹊起。由此说明羌中道早在汉以前就已开通，中西文化往来的管道畅通由来已久。

羌中古道应分广义、狭义两个概念理解。广义概念指的是，羌人在今青海内外游牧、围猎时，无意间踏出的通向西方的道路，它以柴达木盆地——青海湖南北——祁连山南麓——河湟两岸为中心，向东到达汉代文献所记载的陇西诸郡；向西与西域南道汇合，到达今帕米尔高原的羌人小国，甚至到达今克什米尔、阿富汗东北部。狭义的羌中道则特指以青海湖、柴达木盆地为中心沟通中原、西域和西南地区的道路（图三）。

图三 四面人头像杖首
（1983年青海省湟源县大华乡中庄卡约文化墓地征集）

羌中道并未经过河西走廊，从新疆中部或北部进入西域。地理上，以青海湖为中心向东至于"三河间"为"湟中"，向西则是"羌中"。此线路在汉代得到进一步完善，先是赵充国"疑匈奴更遣使至羌中，道从沙阴地，出盐泽，过长阬，入穷水塞，南抵属国，与先零相直"，走的是"羌中道"东段，令辛武贤等将兵击罕羌，"入鲜水北勾廉止"，打通"羌中道"西段。

在秦汉两朝的威逼下，羌人西迁的同时，不仅打通了羌中与西域的交通，而且，还从河湟谷地出发南下至蜀，从而构成青海道的南段，牦牛种、白马种、参狼种便是南迁部落。其中，羌人部族的冲突与融合，尤其是来自大汉与匈奴等外力的挤压，使羌中道与河湟道得到进一步沟通，河湟道的战略与经济地位日渐凸显，与西南蜀地、正东中原的交往慢慢成熟，逐渐形成今日西南民族走廊及其文化产生的核心区域。

两汉时期，西平亭、长宁亭，金城郡、西海郡、西平郡等汉朝的建置在青海东部相继出现，汉宣帝神爵二年（公元前60年），青海东部地区正式纳入了中原封建王朝的郡县体系之中，中原与青海的联系日益密切，从青海东部向北通向河西走廊的西平——张掖道、鲜水（青海湖）——酒泉道、乐都——武威道日益兴盛。两汉魏晋时期河湟地区与"羌中道"相关的驿传设置已经较为完善。青藏高原的地缘政治格局已经发生了剧烈的变化，纵横西域及青藏高原上最大的政治力量当属羌人、匈奴和西汉，尤其是匈奴与大汉王朝为了各自的政治利益，均不遗余力地向青藏高原一带扩张自己的势力范围。活动于青海内外的西羌与周边的各部族合纵连横，从远在西域的月氏（今克什米尔及阿富汗）、北匈奴康居（锡尔河流域）、大宛（今吉尔吉斯斯坦费尔干纳），到与羌汉接壤的龟兹、于阗、楼兰、车师等小国的内外部关系也随之发生了显著的变化（图四）。

东汉中后期，羌人活动指向益州（今成都），即向甘南、川西北发展。当时的蜀汉政权基本战略之一，就是通过与河湟间诸羌联络往来，甚至远通西域，谋求与羌胡的联合，以图共同对抗曹魏。1973年在青海省大通县上孙家寨汉晋墓地乙区M1中出土的一枚"汉匈奴归义亲汉长"铜官印；乙区M3匈奴墓中出土的"匈奴青铜神鸟冠"（图五）和波斯银壶；2000年在青海省湟中县徐家寨汉晋墓出土的胡人牵驼画像砖（图六）等文物，为这一时期的史实提供了可靠依据。这样，从西域、青海、通往西南地区的丝绸之路逐渐疏通，实际上，使得青海丝路从河湟出发，向更加广阔

图五　匈奴青铜神鸟冠
（1973年青海省大通县上孙家寨汉晋墓地乙区M3匈奴墓出土）

图四　骏马模印砖
（2000年青海省湟中县徐家寨汉晋墓出土）

图六　胡人牵驼画像砖
（2000年青海省湟中县徐家寨汉晋墓出土）

的空间发展。

大汉王朝夺取西域的主要目的，基于割断匈奴与西域诸族的联系（政治需求）与防止骚扰屯兵河湟（安全需求），从西部获取玉石（信仰需求）、铁器及冶铁技术与良马（军事需求）。元狩二年（公元前121年）春夏之交"骠骑将军霍去病破匈奴，取河西地开湟中"，导致匈奴内部发生动乱。汉武帝为消除匈奴之患，必须切断包括羌人在内的西域各部之间的依存关系，在继续抗衡匈奴的同时，准备联合与匈奴有矛盾的乌孙、大月氏等形成合围局面以钳制匈奴，于是武帝先将张骞派往西域，并随即展开对河湟羌人的围剿和屯戍，强烈地冲击了羌人在青藏高原的活动空间，这是中原汉王朝真正了解和认识羌人的开始，也是高原民族剧烈融合的发端。

1942年，在青海省海北藏族自治州海晏县西海郡古城，发现一具王莽新政与西汉王朝地方政权更替交接时期凿刻的"虎符石匮"，上有篆刻铭文"西海郡虎符石匮，始建国元年十月癸卯，工河南郭戎造"22字。它不仅是汉王朝西拓疆域的凭证，也是军事偶像和政权统治的象征（图七）。

图七　虎符石匮
（1942年青海省海北州海晏县西海郡古城发现）

换个角度看，张骞试图穿越而直到赵充国最后夺取的河湟道应该是真正意义上的丝绸之路，是贸易的大通道。而李广、霍去病为了对抗匈奴而穿凿的河西走廊只能算作玉石之路、军事交通线。河西走廊之所以被历代各族政权所倚重，不是基于自然地理和自然经济状态下的交往，而是出于政治、军事战略性需求而考量的。从自然状态看，河西走廊巉岩绵亘，水源相对匮乏，道路相对窄长，是天然的关隘，易于军事上的控制和突围，却不是畜牧、通商的捷径。即使是民间贸易所形成的商道，最终也会被政府收编，于此设关布防，汉据以备羌胡，羌胡据则豪夺课税取赋，加之各族豪强以劫掠为生，故"西域杂胡欲来贡献""多逆断绝"。更为重要的是，河西走廊在矛盾胶着的各个历史时期，可谓断多通少，阻碍重重，却是以匈奴为代表的胡系阿尔泰语族诸部通行的主要通途，既非后人文化想象中的通达。汉初，罗布泊以东至嘉峪关之间的区域均被匈奴所占，而羌人则据有今甘肃西部和青海全境，若两相结盟势必给大汉王朝造成极大的威胁。于是，武帝逐渐转变应对方略，先将匈奴逐回漠北，夺回河西走廊，并设敦煌、酒泉、张掖、武威四郡，重兵驻守，由东向西筑起"隔绝羌胡，使南北不得交关"的防线，同时又对河湟羌人用兵屯戍，以消除羌人东进的威胁，瓦解羌胡联盟。反倒是青海道自始至终发挥着以丝绸为大宗的商业贸易的主要功能。若我们以中华民族文化全程交流来看，这一时期缘起于羌中、复兴于河源后的西蜀道，使得我国西北与西南地区的民族文化交流关系从此奠定，为中华民族多元一体格局的形成夯实基础。中国民族文化走廊问题的研究，从哪个角度看，都离不开羌中道这一重要的节点。

三　丝绸之路吐谷浑道的崛起

吐谷浑归辽东鲜卑慕容部，为"慕容廆之庶长兄"，与胞弟以"二部马斗"而反目，从原部落中分离出来。西晋时期，吐谷浑于泰康四年至十年（283～289年）间率部西迁，沿着草原之路的方向，从东北率部"西附阴山"，到视连为首领时，遭遇北方其他游牧民族的侵扰，经河套顺黄河南下，到达陇山（六盘山北部）继续南下迁至枹罕（甘肃临夏东北）与川西北，再向西南进入青海诸羌的驻牧地。313年，留居今青交界地区大夏河流域，与羌人同糅杂处，于329年，到叶延时以青藏高原东缘为起点，逐渐将大本营向

图八　郭里木棺板画 A 板线描图
（2002 年青海省海西州德令哈郭里木出土）

西延伸，从一支1700户的小部落，逐渐扩展成为以吐谷浑旧部、鲜卑人、羌人、汉人贵族为主体的上层集团，以今青海海西地区的德令哈、都兰为主要活动区域，形成对外贸易的新型民族共同体，正式建立以鲜卑贵族为核心、联合羌人豪酋共同执政的吐谷浑政权，并用"吐谷浑"名作为国号。经过树洛干、阿豺、慕璝、慕利延等人的开拓经营，成为中国西部的强国。其疆域东至洮岷、龙涸（四川松潘），西至鄯善、且末与西域诸国接壤，北与丝绸之路河西走廊相连。丝绸之路青海道由东向西、自南朝北都有了新的发展，并在一个时期被称为"吐谷浑道"。西晋末年南北政治形势发生急剧变化，西域、羌中、湟中、河西与中原、蜀地、吐蕃往来必以吐谷浑为枢纽，可以说吐谷浑从立国称汗到兴旺发达的历史，便是一部西部高原荡气回肠的民族悲壮的迁徙史。

其实，吐谷浑迁徙历史的背后还存在着气候环境的变迁对于游牧民族及其文化的深刻影响。吐谷浑立国前后，我国气候进入到一个相对变寒冷的时期，吐谷浑原以畜牧和狩猎为主的生计遭遇挑战，民族活动的规模强度超出了草原的自然承载力，人畜地三者关系失衡，连锁引发社会动荡和文化变迁，最终迫使吐谷浑西迁。值得注意的是，我国北方农牧生产方式交错地带的自然规定性，造成一个早在远古时代就已经存在的农牧生产方式变更线，这个处在动态中的线路恰恰是我国南北民族开展波动性迁徙的文化走廊。农耕与游牧总在气候发生巨大变迁的时刻，要么北方的游牧民族在气温区域寒冷时南下驻牧，要么南方的农耕民族在气候转暖时北上拓荒，受到两方力量挤压时，接近或处于波动线区域内的民族，则会在南下或北上受阻时被迫西行，这个走廊通常被人们称为"草原之路"或"北方之

路"。吐谷浑内部失和恰好在我国北方遭遇新一轮生态环境变迁，气候趋于恶化，气温突然变冷的大背景下产生的，在南农北牧碰撞作用下辗转西行来到祖国西部。必须指出的是，吐谷浑最初也想去中原及南方等丰饶地区纵马游牧，由于这些区域农耕文化的强盛，他只能在南下频繁受阻而被迫继续西行的反复中，辗辗转转地来到青藏高原（图八）。

吐谷浑道是在原来的羌中道、羌氐道的基础上发展起来的。由于吐谷浑的经营，丝绸之路开通的时间要比我们想象的更加源远流长，至少不是只有隋唐时期才开通，或者以长安、洛阳为起点。以吐谷浑立国宗旨来看，贸易兴国是其主要大政方针。丝绸之路起点是以国都为准的，南北朝时，一度以建康（今南京）为起点，经过益州与青海丝路——河南道（吐谷浑道）相接，唐朝时起点在长安、洛阳。如此看来，若以东西国际贸易商品看，真正意义上的丝绸之路的起点最远可达建康，最久可追溯至魏晋南北朝时期，且走的是青海道而非河西走廊。

丝绸之路吐谷浑道主要指沿湟水河谷东达中原，西跨日月山——经青海湖南北——沿柴达木盆地南北西行——由今阿尔金山口抵新疆的一条东西通道。因在吐谷浑境地通过，故又称"吐谷浑道"。（一）向东南区段主线：古代由今西宁直抵巴蜀的一条交通道路。在南北朝时称"河南道"。唐朝时又把益州(成都)沿岷江至松潘一段称"西山路"。从今都兰香日德镇吐谷浑城东行——经乌兰茶卡镇——过切吉旷原——到吐谷浑曼头城；或从伏俟城出发——经共和恰卜恰镇到曼头城，后从尕毛羊曲东渡黄河——经沙州慕贺川——今甘肃玛曲县——四川若尔盖——松潘前往益州。（二）向东南区段北支线：从今都

兰香日德吐谷浑城或伏俟城出发东行——经共和切吉草原或恰卜恰镇，后从龙羊峡过黄河——经浇河——洪河（今甘肃临潭）——四川松潘前往益州。（三）向东南区段南支线：从今都兰香日德吐谷浑城东南行——越扎梭拉山口——经兴海县大河坝河流域，在同德巴沟乡班多村(兴海曲什安河入黄河口)过黄河，循阿尼玛卿山北麓东南行——过四川若尔盖——松潘，前往益州。（四）向西区段主线：自都兰香日德镇吐谷浑城或伏俟城——向西跨越柴达木盆地——经都兰巴隆——格尔木后，沿祁漫塔格山北麓西北行——过乌图美仁——甘森——尕斯——茫崖，西入新疆鄯善、于阗。（五）向西区段支线：1. 南支线；2. 西南支线；3. 西北支线。（六）向东北区段支线：1. 东北支线；2. 东支线（图九）。

图九　银包铁立凤饰件
（1985年青海省海西州都兰县热水乡血渭一号大墓一号殉马沟出土）

可以说，西晋至隋唐时期，吐谷浑道是丝绸之路上最为繁忙的中西交通生命线。吐谷浑以羌中道及其延长的河湟道为横贯青海高原，东达长安、洛阳，西达中亚、西亚，以这条干道为主轴，在北方自东向西分别延伸出经庄浪进入河湟或河西道，从祁连山门源、峨堡、扁都口等关隘入河西道，从柴达木盆地北缘进入敦煌，以及进入若羌、且末、于阗等新疆地区，使得丝路交往不必穿越塔里木盆地中部、北部浩瀚黄沙抵达中西亚；吐谷浑鼎盛时期，在青海西南链接了吐蕃道（由吐蕃过吐谷浑进入西域）、河南道南线（从青海湖南岸和柴达木盆地南缘进入玉树联系吐蕃，该线路在唐代连接长安成为著名的唐蕃古道）、河南道东南线（从玉树囊谦进入昌都，以及从西倾山、阿尼玛卿山过久治进入川西高原与西蜀道相连，远达成都、宜宾、武汉）。发展到隋唐早期，吐谷浑境内的干线约有五条：从羌中——湟水通往白龙江的西蜀道（含松潘道、岷山道）；沿羌中——湟水逆行从祁连山各口进入河西走廊张掖的南山道；沿湟水西南通往河源的白兰道；

湟水向西域的羌中古道；吐谷浑接续吐蕃的吐蕃道。此时，青海丝路完全形成，支线繁多，蛛网密布，叶脉舒展，伴随着吐谷浑的崛起而兴盛，占据着丝绸之路的枢纽地位。

下面让我们在古典文献中梳理部分有关丝绸之路吐谷浑道的记载：

（一）政治经济与军事：4世纪末～7世纪，东晋南北朝时期小国林立、南北对峙，河西走廊时通时断。吐谷浑国与北魏以及后来的北朝，南朝的宋、齐、梁各政权一直保持着和平友好的朝贡往来关系，引导、护送西域商使往来，参与较大规模的国际商贸，使青海成为沟通东西、联络南北的交通枢纽，丝绸之路吐谷浑道一度在河西道阻绝时发挥了主道的作用。伏俟城、香日德都城成为东西商贸的中转站。

东晋安帝义熙元年（405年），西凉太祖李暠遣舍人黄始、梁兴至东晋奉表。两年后，李暠复遣僧人法泉奉表。西凉两次遣使至东晋由敦煌南下——经柴达木盆地——由河南道至益州——前往建康。走的是"吐谷浑道"。丝绸之路河南道应运而生。

405～418年，西秦在丝绸之路今甘肃永靖炳灵寺的黄河上架起长40丈、高50丈的飞桥。北魏太武帝太平真君五年（吐谷浑慕利延九年，444年），北魏派晋王拓跋伏罗率军取道大母桥征讨吐谷浑，吐谷浑王慕利延逃奔白兰（以鄂陵湖、扎陵湖为中心）。第二年，北魏再讨吐谷浑，慕利延率部沿"吐谷浑道"西段逃逸，攻于阗（新疆和田）、征罽宾（今克什米尔），控制了丝绸之路南道。

自刘宋建立初期（420～430年），河西北凉与柔然均遣使至刘宋，从河西走廊经吐谷浑的"河南"（今贵德、循化黄河南），沿岷江至刘宋的蜀郡（成都）。南朝宋少帝景平元年（423年），吐谷浑王阿豺遣使由河南道经今甘肃——四川到南朝贡献方物。见于宋、齐、梁书本纪记载者达37次。阿豺的"折箭教子"故事广为流传，成为千古佳话。

北魏太武帝神䴥四年（吐谷浑慕瞶六年，431年）吐谷浑首次遣使至北魏。据《魏书》帝纪统计，431～520年，吐谷浑向北魏遣使64次，向西魏和北周遣使9次，向东魏和北齐遣使10次。西域商人与东魏、北齐的贸易多经柴达木盆地至吐谷浑都城，再北入居延路至柔然，后从阴山南下至邺（今河北临漳）。442年，北凉沮渠无讳遣常侍氾俊自高昌经鄯善（新疆若羌）至吐谷浑城，后沿河南道至益州再到建康献方物。

梁朝时期（502～557年），龟兹（新疆库车）于天监二年（503年）、普通二年（521年）遣使至梁贡方物。于阗于天监九年（510年）、十三年（514年）、十八年（519年）、大同七年（541年）遣使至梁。远在中亚阿姆河流域的嚈哒（《梁书》中的"滑国"，今阿富汗）于天监十五年（516年），普通元年（520年）、七年（526年），大同元年（535年）、七年（541年）向梁遣使。西域波斯（伊朗）于大通二年（530年）、五年（533年），大同元年（535年）遣使至梁。这些地区与国家至少14次遣使东行，须经吐谷浑做翻译和经纪人，经河南道（吐谷浑道）往返。因此，丝绸之路河南道远远超过了河西道的作用。

《周书》卷五十《吐谷浑传》载：西魏废帝二年（吐谷浑夸吕十九年，553年），吐谷浑商队赴北齐（河南安阳）进行商贸活动，返程途经柔然、偷越河西走廊，遭到西魏凉州（武威）刺史史宁觇在赤泉（甘肃永昌）的伏击，俘获仆射乞伏触板，将军翟潘密，商胡240人，驼骡600头，杂彩丝绢数以万计。

（二）宗教文化与传播：1. 东晋安帝隆安三年（399年），僧人法显、慧景、道整、慧应、慧嵬等西行求经。自长安——过陇山至西秦国都（兰州西固区）到"僎檀国"（南凉国）。由湟中道转西平张掖道经今大通——门源——大坂山——扁都口至张掖。后经西域赴天竺抄录佛教经律。2. 南朝宋武帝永初元年（420年），北燕僧人法勇（昙无竭）、僧猛、昙朗等25人自龙城——西秦国都（西秦自称河南国）枹罕（临夏），越西秦飞桥——出西海郡（海晏三角城）——渡过流沙（柴达木及罗布泊沙漠）——到高昌（新疆吐鲁番）转赴印度。3. 445～452年间，酒泉僧人慧览自于阗进入吐谷浑境，经柴达木——青海湖——洮水——龙涸——岷江至今四川成都。慕利延世子琼资助慧览在蜀国成都修建了左军寺。4. 南朝宋后废帝元徽三年（475年），僧人法献自金陵（南京）出发，西游巴蜀（重庆），由河南道过吐谷浑国——经芮芮到达于阗（新疆和田），将乌苌国（巴基斯坦）的佛牙、15颗舍利及少量经卷带回金陵。5. 北魏孝明帝神龟元年（518年），胡太后遣崇立寺的比丘惠生、敦煌人宋云等由洛阳出发，经今乐都——西

宁——越日月山（赤岭）西行23天，到达吐谷浑国都（都兰香日德）——又沿柴达木盆地北缘西行——越阿尔金山到达鄯善——后经今中亚地区入印度求经。6. 北周明帝武成元年（559年），印度乾陀罗僧人阇那崛多一行由今新疆和田过柴达木盆地，抵达都兰香日德、共和伏俟城（吐谷浑国都），又经西宁、乐都后东行长安。

四 丝绸之路吐谷浑道的深远意义

其一，丝绸之路青海道具有贯穿始终的多元化特色。它促进了昆仑文化、古羌文化、河湟文化、吐谷浑·吐蕃文化、藏民族安多文化圈等区域性的化文化发展，并渗入到川西高原藏康彝民族走廊，为民族多元文化形成补充了养分。丝绸之路是青藏民族原生文化和交往的原动力，促进了藏传佛教在高原的形成与传播，推动了佛教在内地中国化的进程，西北地区的伊斯兰教和穆斯林民族都是在丝路贸易中逐渐形成和发扬光大的。

其二，丝绸之路使吐谷浑形成一个以畜牧、毛纺为基础，以商业贸易为增长点的经济形态，丝绸不仅成为东西贸易的大宗商品，且成为主要实物货币，并将西方的金银货币引入青海高原。1956年在青海省西宁市隍庙街出土的76枚波斯萨珊王朝银币、1983年在青海省海西州都兰县热水乡血渭一号大墓出土波斯双面人头像（图一〇）、2000

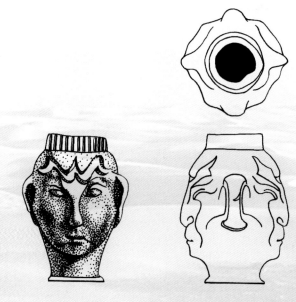

图一〇　波斯双面人头像
（1983年青海省海西州都兰县热水乡血渭一号大墓出土）

年在青海省海西州乌兰县出土的6枚波斯萨珊王朝银币和1枚东罗马查士丁尼一世时期（527～565年）的金币等文物都是这一时期东西商贸往来的实物例证。中外通过丝绸结成了以贸易为主体经济、宗教为主体文化的利益共同体，古代青海民族的战争与和平，都是以这些利益的调整为动因，青海与南疆成为沟通东西最大的贸易、文化、政治中转站。当北方与中原动荡变革的历史时期，丝绸贸易始终可经西南与西北地区相联结，从未中断，直到宋元海上丝绸之路兴起才渐次沉寂。

其三，因丝绸之路青海道的畅通，丝绸之路从此进入国际化交往的历史进程中，吐谷浑政治的稳定是中西交往的保证。吐谷浑立国所以能长达350余年，则有赖于其国策中除强化畜牧业根本外，还强调贸易强国及与之关联的对外交往政策，促进了芮芮、粟特、嚈哒、高昌等西域诸国的发展，完成了高原民族的融合。吐谷浑为各国往来使节担任向导与翻译，以开放的姿态走向昌盛，促成了丝绸之路概念上的真正确立。

其四，吐蕃道与河南道南线的链接，使得远在青藏高原西南端吐蕃的视野被引向远方。一方面开始借吐谷浑提供的商道密切地与西域诸国进行贸易往来，另一方面强烈地意识到吐谷浑已经成为其交往东方中土的最大障碍。吐蕃最终借由丝路形成的通道占据青海东向长安，青海各族融入吐蕃，吐蕃融入中华具有历史的必然性。

总之，丝绸之路青海道，在我国古代中西交通史、中西国际贸易以及文化交流等诸多方面，做出了不可磨灭的贡献。

参考文献

1. 裴文中：《史前时期之东西交通》，《边政公论》1948年第7卷第4期。
2. 周伟洲：《丝绸之路东段的又一条支线——青海路》，《西北历史资料》1985年第1期。
3. 赵生琛、谢端琚、赵信：《青海古代文化》，青海人民出版社1986年版。
4. 青海省博物馆《唐蕃古道志》编写组编：《唐蕃古道志——资料选编》（内部资料）。
5. 崔永红、张德祖、杜常顺：《青海通史》，青海人民出版社1999年版。
6. 胡芳、崔永红：《草原王国吐谷浑》，《青海史话》系列丛书，青海人民出版社2004年版。
7. 芈一之主编：《西宁历史与文化》，辽宁民族出版社2005年版。
8. 李朝、柳春诚：《吐谷浑：青海丝绸之路的辉煌缔造者》（上、下篇），《中共青海省委机关刊物 党的生活》2011年第1期。

前言

青海长云漫东土，河湟形胜厌西陲！

秦汉时期，青铜时代的青海主人——羌人，卷入了中原王朝与匈奴的角逐，中原王朝的势力随之进入河湟。魏晋以降，中原板荡，逐鹿之燹延及青海，来自辽东的鲜卑族吐谷浑部终在群羌故地建国。地跨数千里、立国三百余年的吐谷浑，在隋、唐与吐蕃接踵发力下灭国，青海又成了唐蕃交锋之前沿。"安史之乱"后，吐蕃一度控制青海百余年。11 世纪初，吐蕃之余绪建立了青唐政权，后亡于北宋。此后的金、西夏政权及元明清时期的大一统王朝，日益加强在青海地区的经营与统治。

数千年的风云变幻与军事势力割据冲突与交锋，一方面，反映了青海因山川形胜之利而扼守冲要，虽一地之烽烟，而每每与天下格局的变动互为因果；另一方面，此间多民族在青海迁徙、汇聚与融合，连接周边，开辟通往域外的交通干道，成为丝绸之路和茶马古道的重要组成部分。

故循着山、水、路，即可一览大美青海……

青海省位于我国西部腹地，远古时期称为"三危地"，周秦时期为"羌戎之地"，公元前 111 年后，西汉政府开始设立有军事和邮驿性质的西平亭、长宁亭、东亭等，这一地区开始逐步纳入中央王朝的统治范围。汉宣帝神爵年间，设"金城属国"，先后设置临羌、安夷、破羌、允吾、浩门、允街、河关 7 县，归金城郡管辖。青海东部地区正式纳入汉朝郡县体系。历经数代变迁，于 1929 年 9 月 5 日正式建立青海省。

青海省面积约 72 万平方千米，省内地貌具有从北至南三分的特色：北部是高海拔的祁连山地，为北川南山、谷岭相间的格局；中部为中海拔的柴达木盆地和西秦岭山地，柴达木盆地为我国第三大内陆盆地，在盆地边缘有冲积平原；南部为高海拔的青南高原，属青藏高原腹地，与川西高原和藏北高原连为一体。在自然生态环境影响下，青海省 90% 的区域为半农半牧区或纯牧区，而湟水谷地、共和盆地、循化盆地等区域为重要的农业区。

从地缘关系上看，青海的农牧区二元结构使它不可避免地受到草原游牧文化、高原游牧文化和东部平原农耕文化的影响，进而持续影响着青海历史发展、行政管理、民族分布等方方面面。也正因为如此，青海成为中国西部的枢纽地区，历史上的丝绸之路与茶马古道纵贯而过，多民族在此融合发展，形成了多姿多彩、绚烂辉煌的区域文化。

第 一 部 分

源远流长

The Dawn of Civilization

　　青海具有悠久的历史和灿烂的文化。远在三万年前的旧石器时代晚期，人类已生活在这里。沱沱河沿岸、霍霍西里、昆仑山的三叉口和龙羊峡地区的黄河阶地，均发现旧石器时代晚期的打制石器。进入新石器时代，从青海东部宽广肥沃的河湟谷地到一望无际的柴达木盆地，都有古代文化遗存分布其间。这些错综复杂的文化面貌，在一定程度上反映了古代青海文化发展的历史概况，探究出青海自古至今均是一个多民族聚居的历史渊源。

石 器 时 代
Qinghai During The Stone Age

青藏高原风化剥蚀严重，人类活动的证据难以在地层堆积中完整地保存下来。因此，石器时代的考古发现在青海呈现出不均衡性，即东部谷地多，西部、南部少。小柴旦湖遗址和贵南县拉乙亥遗址填补了青海中早期石器时代的空白，它与最新发现的西藏尼阿底遗址，共同构成人类征服青藏高原最早的证据。此后，新石器时代的马家窑文化、青铜时代的齐家文化等诸多文化，进一步证明青海是中华文明多元一体文化中的重要组成部分。

拉乙亥遗址区残留的三级台地

◇ 旧石器时代

　　小柴旦湖遗址位于海西蒙古族藏族自治州大柴旦行政委员会辖区小柴旦湖南岸。1984 年 6 月在湖滨阶地砾石层中发现旧石器遗物 100 多件，主要有刮削器、雕刻器、钻具、砍斫器等，均为打制，属旧石器时代晚期人类活动遗物。小柴旦湖遗址是青海省境已知有地层根据的最早的人类活动遗址，距今约 23000 年，出土了大量生产、生活石制工具。

刮削器

旧石器时代
长 7 厘米，宽 5 厘米，厚 1 厘米
海西蒙古族藏族自治州小柴旦湖遗址采集
青海省博物馆藏

尖状器

旧石器时代
长 11.4 厘米，宽 6.7 厘米，厚 7.2 厘米
海西蒙古族藏族自治州小柴旦湖遗址采集
青海省博物馆藏

砍砸器

旧石器时代
长 9 厘米，宽 8 厘米，厚 2.5 厘米
海西蒙古族藏族自治州小柴旦湖遗址采集
青海省博物馆藏

◇ 中石器时代

贵南县拉乙亥遗址位于海南藏族自治州贵南县拉乙亥乡茫拉河与沙沟河之间黄河沿岸阶地上。发掘石器有石锤、石核、石片、砍砸器、刮削器、研磨器、雕刻器等，此外还有骨锥、骨针、装饰珠、颜料、动物骨骼、破碎的鸟蛋皮等。没有发现陶器。拉乙亥遗址的年代距今约 6700 年左右。

石器

中石器时代
长 10.6 厘米，宽 10.2 厘米，厚 4 厘米
海南藏族自治州贵南县拉乙亥遗址出土
青海省文物考古研究所藏

两面均保留有原始石皮，台面略经修整。
刃部由锤击法制成，未进行二次修整。

细石叶

中石器时代
长 3.3 厘米，宽 0.4 厘米
海南藏族自治州贵南县拉乙亥遗址出土
青海省文物考古研究所藏

细石叶

中石器时代
长 5.2 厘米，宽 0.7 厘米，厚 0.7 厘米
海南藏族自治州贵南县拉乙亥遗址出土
青海省文物考古研究所藏

直刃刮削器

中石器时代
长 5.5 厘米，宽 4.6 厘米，厚 1.4 厘米
海南藏族自治州贵南县拉乙亥遗址出土
青海省文物考古研究所藏

研磨器

中石器时代
磨盘：长 34 厘米，宽 16 厘米，高 4.5 厘米
海南藏族自治州贵南县拉乙亥遗址出土
青海省博物馆藏

此器是一套由磨盘和磨棒配套组成的复合工具。器物质地细腻，整体呈长锥形，盘中间有一随体凹坑，原始先民用于砸碎坚果或研磨成粉末。

迄今最早的研磨盘发现于山西旧石器时代晚期的下川遗址，也是旧石器时代石器制作技术最高水平的代表。

◇ 新石器时代

　　距今 6000 年前后，青海开始进入新石器时代。已发现新石器时代文化地点逾千处，包括仰韶文化、马家窑文化、宗日文化等，主要分布于青海湖以东黄河及其支流湟水河谷地区。当时人们过着比较稳定的农耕定居生活，粟作农业与狩猎经济并存。

双孔石刀

新石器时代 马家窑类型
长 6.4 厘米，宽 3.2 厘米
黄南藏族自治州尖扎县拉毛遗址出土
青海省博物馆藏

石刀呈长方形，凹背弧刃，通体磨光，双面开刃。器身并列钻有两孔，两孔周围钻出 15 个小窝坑，排列秩序貌似鸦面。黄河流域的史前文化中普遍使用这种形状的钻孔石刀，亦称"爪廉"，是一种农用工具。

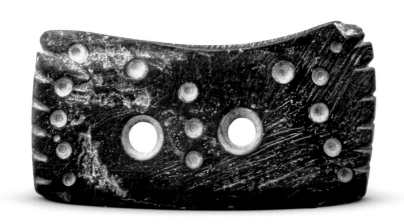

骨指环

新石器时代 马家窑类型
径 2 厘米，厚 0.2 厘米
黄南藏族自治州尖扎县拉毛遗址出土
青海省文物考古研究所藏

利用动物骨骼磨制而成。

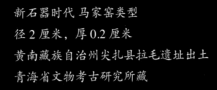

骨锥

新石器时代 马家窑类型
长 12 厘米，宽 2 厘米，厚 1 厘米
黄南藏族自治州尖扎县拉毛遗址出土
青海省文物考古研究所藏

由动物肢骨制成。一面有凹槽，尖部磨光，
有使用痕迹。

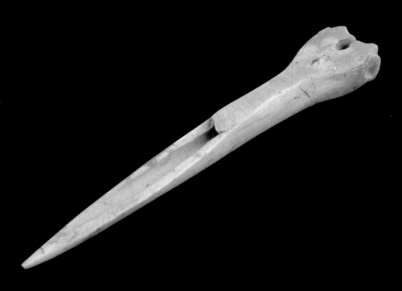

◇ 仰韶文化庙底沟类型（距今 6000～4900 年）

　　青海境内的仰韶文化庙底沟类型遗存主要分布于青海东部民和、循化、化隆县境内的黄河两岸及其支流区域。由甘肃东部沿渭水上游向西传播至青海东部过程中，仰韶文化的一些文化因素发生了衰减和变异，同时也受到了使用细石器工具从事狩猎采集经济的土著文化的影响。

器形\地点	尖底瓶	盆	钵	罐	缸（瓮）	相当于大地湾遗址所处的期段
安达其哈						三期Ⅰ段至三期Ⅲ段
胡李家						三期Ⅱ段至四期Ⅱ段
阳洼坡						四期Ⅰ段至四期Ⅱ段
红图坡						四期Ⅰ段至四期Ⅱ段

青海东部地区仰韶文化遗址的典型陶器
（肖永明：《青海东部地区仰韶文化的发展阶段》，《青海民族大学学报》2013 年第 4 期）

◇ **马家窑文化马家窑类型**（距今 5300~4800 年）

　　马家窑文化因首先发现于甘肃省临洮县马家窑村而得名，青海省内主要分布于东起甘青交界，西至海南兴海、北抵大通、南达黄南隆务河流域的广大区域。承接自仰韶文化庙底沟类型，按年代顺序可分为石岭下、马家窑、半山、马厂四个类型，青海省目前尚未发现典型的石岭下类型。在瓶、盆、壶等器物上通体彩绘，是该类型彩陶纹饰的一个突出特点，纹样有漩涡纹、圆圈纹、多道条纹等几何纹和蛙、鸟、鱼纹及人像纹等。

马家窑类型彩陶部分图案
（许新国著：《西陲之地——东西方文明》，北京燕山出版社 2006 年版）

十字纹四系敛口彩陶瓮

新石器时代 马家窑类型
高 25.5 厘米，口径 11.2 厘米，腹径 30 厘米，底径 12.7 厘米
海南藏族自治州同德县宗日遗址出土
青海省博物馆藏

泥质红陶，敛口，口沿置四组，两组已残。折肩、直腹
内收、双耳、平底。黑彩。肩部等距离绘四组圆圈十字纹，
间以三角纹和弧线纹。肩下绘弦纹和圆点纹。整个构图
动静相宜、虚实相合，显得华丽美观。

鱼纹彩陶瓮

新石器时代 马家窑类型
高 34.1 厘米，口径 24.5 厘米，腹径 31.2 厘米，底径 15.2 厘米
海南藏族自治州同德县宗日遗址出土
青海省博物馆藏

泥质红陶，侈口，鼓肩，直腹向下内收，双耳，平底。黑彩。
口内绘四组弧线纹，器表自上而下绘弦纹、变形鱼纹、
鱼钩纹等。器物造型规整大方，纹饰简洁明快，鱼纹抽
象生动，为同时期彩陶中的精品。

彩陶瓶

新石器时代 马家窑类型
高 15 厘米，口径 6.5 厘米，腹径 15.3 厘米，底径 6.6 厘米
西宁市大通县下孙家寨遗址出土
西宁市文物管理所藏

泥质橙黄陶，平口，长颈，腹部双组，腹下部分
向内斜收、平底；口沿处绘有一圈黑色锯齿纹和
细条纹，颈部及腹部绘有十二条旋纹环绕，腹部
对称六组三道竖条纹，每三道竖条纹之间有对称
四组十四条黑色细线纹。

弧线三角纹彩陶盆

新石器时代 马家窑类型
高 11 厘米，口径 24.2 厘米
西宁市大通县下孙家寨遗址出土
西宁市文物管理所藏

泥质橙黄陶，敛口平沿，鼓腹，腹部双耳，
腹下部内收，平底；口沿绘有三组三片树叶
纹及三组九道细条纹，盆内壁绘有黑彩六条
三组弧线组成旋涡纹和三角纹，腹部饰有三
道黑细条纹环绕，双耳绘有对称蛙头纹。

弦纹彩陶壶

新石器时代 马家窑类型
高 23.7 厘米，腹径 15.5 厘米
海东市化隆县牙什尕镇参果滩一村出土
青海省化隆回族自治县博物馆藏

细泥红陶，器表打磨精细，口沿残，弧形
领、斜肩、斜纹深腹，颈、肩、腹饰有横
弦纹，造型挺拔大方，纹饰生动流畅，为
马家窑类型典型器物。

同心圆圈纹内彩陶盆

新石器时代 马家窑类型
高 11.5 厘米，口径 31 厘米，腹径 29 厘米，底径 10.5 厘米
海东市民和县核桃庄拱北台遗址出土
青海省博物馆藏

细泥橙黄陶。敛口、卷唇、曲腹、小平底。表面打磨光洁，
内外均以黑彩装饰。口沿上等距饰有四组同心圆点水波
纹，间用网格纹。盆的内壁满施彩，底部中央以圆心定
位，画出同心圆圈，亦是同心圆点水波纹的艺术表现
形式。器型规整，打磨精细，纹饰繁而不乱，线条流
畅飘逸，整个图案在繁复之中透着一种活泼的韵律感。

圆点网纹彩陶瓶

新石器时代 马家窑类型
高 28.8 厘米，口径 13 厘米，腹径 28.7 厘米，底径 12.5 厘米
海东市民和县核桃庄拱北台遗址出土
青海省博物馆藏

泥质橙黄陶，侈口，微卷唇，直颈，扁鼓腹，平底。
器型规整光洁，从上至下通体黑色绘彩，色彩艳丽。
口部为变体叶纹，颈肩部为弦纹，上腹部为平行弦纹、
三角纹、网格纹、圆圈内填十字圆点纹和波纹，下腹
部为波纹、圆点纹和弦纹间作。层次分明，线条均匀
准确，显示出高超的构图技巧。

圆点弦纹双耳彩陶壶

新石器时代 马家窑类型
高 46.8 厘米，口径 13.6 厘米，腹径 32.5 厘米，底径 16.2 厘米
海东市民和县核桃庄拱北台遗址出土
青海省博物馆藏

泥质红陶，直颈，口沿外折，阔肩，深腹上丰下敛，腹
部饰双耳，平底。黑彩。口部为变体叶纹，颈部上下两
组弦纹间作小圆点纹，肩部绘四组大圆点纹，肩腹部绘
六圈弦纹。器型规整，器表打磨光滑。纹饰简洁，大圆
点纹粗犷、醒目。

◇ **马家窑文化半山类型**（距今 4600～4300 年）

　　半山类型因最早发现于甘肃省临洮县半山村而得名。半山类型的彩陶以壶、罐、瓶、钵等为常见。这一时期的纹饰出现黑红两彩相间的条带锯齿纹，绘在橙黄色陶器上，显得绚丽多彩。其主要图案有漩涡纹、弦纹、网纹等，显然是继承了马家窑类型同类纹饰而又加以演变的结果。

半山类型彩陶部分图案
（许新国著：《西陲之地——东西方文明》，北京燕山出版社 2006 年版）

弧线宽带纹彩陶壶

新石器时代 半山类型
高 40.6 厘米，口径 10.2 厘米，腹径 34 厘米，底径 12 厘米
海东市循化县丹麻出土
青海省博物馆藏

泥质红陶，直口，高颈，鼓腹，双耳，平底。黑
红两彩。颈部绘两组漩涡纹，肩腹部为黑红彩弧
线宽带纹，带纹间填充圆点纹。纹饰构图独特，
用彩浓黑厚重，具有浑厚粗犷的艺术风格。

叶形纹双耳彩陶壶

新石器时代 半山类型
高 40 厘米，口径 13.5 厘米，腹径 36 厘米，底径 11.5 厘米
海东市循化县丹麻出土
青海省博物馆藏

泥质红陶，高颈，鼓腹，小平底，腹部置对称双耳。
黑彩，颈部绘两组大锯齿纹，肩部绘双层束腰网纹，
两组网纹相间形成叶形纹。器型完整大方，纹饰
疏密得当，侧视、俯看均很相宜，应为半山类型
文物中的精品。

葫芦纹彩陶壶

新石器时代 半山类型
高 30.8 厘米，口径 15.5 厘米，腹径 23.3 厘米，底径 13.5 厘米
海东市化隆县群科出土
青海省博物馆藏

泥质红陶，侈口、短颈、鼓腹、双耳、平底。黑红两彩，
颈部饰连弧纹，肩、腹部饰六组葫芦形纹。葫芦纹内填
充网纹和菱形方块纹。器型规整、纹饰典型、精美。

◇ 柳湾遗址

1974～1980年发掘的乐都柳湾墓地，是黄河上游迄今为止已知规模最大的一处氏族公共墓地，共发掘墓葬1700多座，包括马家窑文化（半山类型、马厂类型）、齐家文化和辛店文化等不同时期墓葬，以马厂类型墓葬为主，出土随葬器物3万多件。

		彩陶壶	双耳彩陶罐	盆	豆	侈口罐	粗陶双耳罐	壶	双大耳罐	高领双耳管	鬲
半山类型	早期										
	晚期										
马厂类型	早期										
	中期										
	晚期										
齐家文化	早期										
	中期										
	晚期										

柳湾墓地陶器分期图

（中国社会科学院考古研究所编：《青海柳湾——乐都柳湾原始社会墓地》，文物出版社1984年版）

柳湾彩陶彩绘符号

（中国社会科学院考古研究所编：《青海柳湾——乐都柳湾原始社会墓地》，文物出版社 1984 年版）

锯齿弦纹彩陶罐

新石器时代 半山类型
高 27.5 厘米，口径 8.1 厘米，腹径 21 厘米，底径 8.3 厘米
海东市乐都区柳湾遗址出土
中国青海柳湾彩陶博物馆藏

泥质红陶。小口，直颈，鼓腹，腹部有一对称的环形耳，
小平底。器身施黑红两彩，颈肩部饰有锯齿纹和平
行条纹，腹部饰涡纹。

连弧纹彩陶壶

新石器时代 半山类型
高 24.5 厘米，口径 8.5 厘米，腹径 22 厘米，底径 10 厘米
海东市乐都区柳湾遗址出土
中国青海柳湾彩陶博物馆藏

泥质红陶。小口，直颈，圆唇，鼓腹，腹部饰有
环形耳，颈部有对称的鼻耳，且鼻耳穿孔，小平底。
黑红两彩装饰，饰有弧线纹和平行条纹。

葫芦形网纹彩陶壶

新石器时代 半山类型
高 24 厘米，口径 8.8 厘米，腹径 23 厘米，底径 9.5 厘米
海东市乐都区柳湾遗址出土
中国青海柳湾彩陶博物馆藏

泥质红陶，侈口，直颈，鼓腹，双耳，平底。黑红两彩，
颈部饰连弧纹，肩、腹部饰六组葫芦形纹，葫芦纹内填
充网纹和菱形方块纹。器型规整，纹饰典型、精美。

漩涡纹彩陶罐

新石器时代 半山类型
高 16 厘米，口径 14.1 厘米，腹径 22 厘米，底径 10 厘米
海东市乐都区柳湾遗址出土
中国青海柳湾彩陶博物馆藏

泥质红陶。小口，圆唇，溜肩，鼓腹，肩部有一个
环形耳，腹部有一錾，小平底。黑红两彩，彩绘漩
涡锯齿纹。

石锛

新石器时代 半山类型
长 10.58 厘米，刃宽 4.55 厘米，柄宽 4.66 厘米，厚 1.36 厘米
海东市乐都区柳湾遗址出土
中国青海柳湾彩陶博物馆藏

绿松石珠

新石器时代 半山类型

绿松石（最大）：长 6.7 厘米，宽 1.98 厘米，厚 0.43 厘米

石珠（每颗）：直径 0.55 厘米，厚 0.3 厘米

串珠通长：41.3 厘米

海东市乐都区柳湾遗址出土

中国青海柳湾彩陶博物馆藏

菱形纹彩陶壶

新石器时代 半山类型
高 32.6 厘米，口径 14 厘米，腹径 36 厘米，底径 12.6 厘米
海东市乐都区柳湾遗址出土
中国青海柳湾彩陶博物馆藏

泥质红陶。小口，直颈，鼓腹，小平底，腹部有对称
的环形耳。器身绘黑红两彩菱形锯齿纹，腹下部有"十"
字符号。

◇ 马家窑文化马厂类型（距今 4300～4000 年）

马厂类型因最早发现于青海省民和县马厂塬而得名。马厂时期的人们制作出器形更为丰富的彩陶。除了常见的壶、钵、罐等器物外，还出现双联罐、鸭形壶等新型器物。部分器物表面捏塑有人像，与彩绘纹饰组合在一起，形成一种新的艺术形式。代表性的图案为四大圆圈纹、蛙纹、连弧纹、回形纹、菱格纹和方格纹等。其中，四大圆圈纹以圆点纹、网格纹为装饰，纹样多达 400 余种。

马厂类型彩陶纹饰早期还保留了半山类型彩陶绚丽繁复的特点，到晚期制作粗糙，造型不很规整，器身也变得瘦长，其纹饰亦越来越简化潦草。至此，新石器时代彩陶逐渐式微。

马厂类型彩陶图案
（许新国著：《西陲之地——东西方文明》，
北京燕山出版社 2006 年版）

四耳彩陶罐

新石器时代 马厂类型
高 7.4 厘米，口径 13 厘米，腹径 13.3 厘米，底径 7.2 厘米
海东市民和县新民阳山出土
青海省博物馆藏

卷沿方唇，颈肩部有两两对称的镂空状四耳，施黑
红两彩。耳和唇相接处有蘑菇状小泥突，上有两道
弦纹。口部饰宽带纹、连弧纹，颈肩部红彩带与
黑彩带之间以横点纹间隔，腹部饰黑红双彩菱形
网格纹。

十字纹双联罐

新石器时代 马厂类型
高 7.7 厘米，长 22.6 厘米，口径（左）9.6 厘米、（右）10.2 厘米，
腹径（左）10.2 厘米、（右）11.2 厘米，底径 4.5 厘米
海东市民和县大塬遗址出土
青海省博物馆藏

两罐相邻口沿处置一扁平提梁，罐腹用一圆柱体相连。内腹
饰黑红两彩十字纹和圆点纹，外表饰红彩带纹和黑彩连弧纹。
器型别致，纹饰简练，是马厂类型中的珍品。

彩陶纺轮

新石器时代 马厂类型
直径 6.7 厘米，厚 1.5 厘米
海东市乐都区柳湾遗址出土
中国青海柳湾彩陶博物馆藏

蚌饰

新石器时代 马厂类型
长 4.9 厘米，宽 2.8 厘米
海东市乐都区柳湾遗址出土
中国青海柳湾彩陶博物馆藏

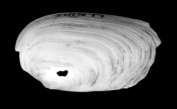
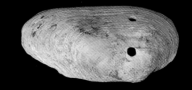

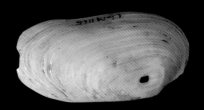

贝饰

新石器时代 马厂类型
最大：长 3.1 厘米，宽 1.6 厘米
海东市乐都区柳湾遗址出土
中国青海柳湾彩陶博物馆藏

骨片

新石器时代 马厂类型
三角骨片：长 2.47 厘米，宽 1.01 厘米，厚 0.16 厘米
刻齿骨片：长 2～2.6 厘米，宽 0.4～0.7 厘米，厚 0.2 厘米
海东市乐都区柳湾遗址出土
中国青海柳湾彩陶博物馆藏

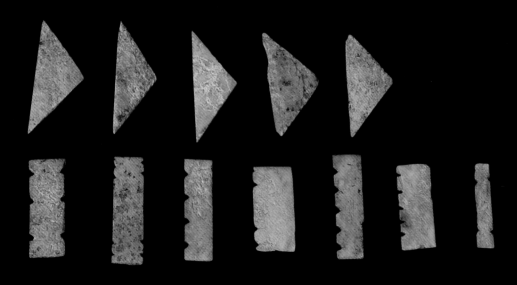

席印纹彩陶罐

新石器时代 马厂类型
高 10 厘米，口径 9 厘米，腹径 12 厘米，底径 7.5 厘米
海东市乐都区柳湾遗址出土
中国青海柳湾彩陶博物馆藏

鸭形彩陶壶

新石器时代 马厂类型
高 18 厘米，通长 17.1 厘米，口径 5.2 厘米
海东市民和县加仁庄遗址出土
青海省博物馆藏

泥质红陶，器身似鸭子形状，壶形口意为头部昂起的鸭首，对称的双耳为鸭形翅膀。壶口部绘有弦纹，壶身用黑红两彩绘蛙纹。鸭形壶造型新颖别致，器身纹饰动感十足。

彩陶壶

新石器时代 马厂类型
高 32.5 厘米，口径 16 厘米，腹径 25 厘米，底径 10.5 厘米
海东市乐都区柳湾遗址出土
中国青海柳湾彩陶博物馆藏

人头像彩陶壶

新石器时代 马厂类型
高 23.1 厘米，口径 4.7 厘米，腹径 19 厘米，底径 8.3 厘米
海东市乐都区柳湾遗址出土
中国青海柳湾彩陶博物馆藏

泥质红陶。器口向上隆起呈半圆形，塑有人面造型，
面部略呈方形，目、耳、口镂空，头发、睫毛、胡
须皆用黑彩描绘，目半闭，翘鼻，口半张，鼓腹，
腹有对称的环形耳、小平底。绘黑彩螺旋纹。

◇ **蛙纹演变过程**

（刘溥：《青海彩陶纹饰》，青海人民出版社1989年版）

最早的蛙纹见于陕西临潼姜寨遗址的半坡时期，此时的蛙纹是一种完全写实的图案。柳湾彩陶上的蛙纹实际上是一种变体的图案，多以黑红两彩相配，蛙身多以较宽的竖线条绘出，四肢代以波折纹，蛙头部常绘成形象的圆圈。到晚期，蛙纹的结构松散，绘图草率，有的图案介于蛙纹、波折纹两者之间。

蛙纹内彩盆

新石器时代 马厂类型

高11.4厘米，口径21厘米，腹径19厘米，底径9.5厘米

海东市民和县马场垣出土

青海省博物馆藏

侈口，束颈，鼓腹，双耳，平底。口部红彩带纹，颈部饰有黑红两彩带纹和双线垂帐纹，内部饰有黑红两彩的蛙纹，蛙头的圆圈内填充圆点纹。

蛙纹彩陶壶

新石器时代 马厂类型
高 41.7 厘米，口径 14.7 厘米，腹径 38.2 厘米，底径 13 厘米
海东市乐都区柳湾遗址出土
中国青海柳湾彩陶博物馆藏

蛙纹彩陶壶

新石器时代 马厂类型
高 45.4 厘米，口径 15.8 厘米，腹径 43 厘米，底径 13.6 厘米
海东市乐都区柳湾遗址出土
中国青海柳湾彩陶博物馆藏

泥质红陶。小口，口沿外侈，短颈，鼓腹，腹有一对
称的环形耳，小平底。纹饰为黑红两彩呈对称的蛙纹
和圆圈纹。

蛙纹彩陶壶

新石器时代 马厂类型
高 37 厘米，口径 15.4 厘米，腹径 33 厘米，底径 14 厘米
海东市乐都区柳湾遗址出土
中国青海柳湾彩陶博物馆藏

变形蛙纹彩陶壶

新石器时代 马厂类型
高 27.5 厘米，口径 9.5 厘米，腹径 22.5 厘米，底径 9.4 厘米
海东市乐都区柳湾遗址出土
中国青海柳湾彩陶博物馆藏

葫芦形彩陶罐

新石器时代 马厂类型
高 11 厘米，口径 5.2 厘米，腹径 10 厘米，底径 4.2 厘米
海东市乐都区柳湾遗址出土
中国青海柳湾彩陶博物馆藏

泥质红陶。小口，口沿外侈，亚腰处有对称环形耳，双腹，小平底。造型似一个侈口彩陶罐之底部与双耳彩陶罐的口部衔接而成的葫芦。施黑红两彩，纹饰为折线纹。

"丰"字纹彩陶罐

新石器时代 马厂类型
高 11.3 厘米，口径 9.8 厘米，腹径 14 厘米，底径 7 厘米
海东市乐都区柳湾遗址出土
中国青海柳湾彩陶博物馆藏

泥质红陶。小口，颈部有环形双耳，并有小穿孔，鼓腹，小平底。饰黑红两彩，彩绘"丰"字纹，颈部为锯齿纹。

带嘴菱形纹彩陶壶

新石器时代 马厂类型
高 21 厘米，口径 10 厘米，腹径 22 厘米，底径 10.5 厘米
海东市乐都区柳湾遗址出土
中国青海柳湾彩陶博物馆藏

圆圈纹长颈彩陶壶

新石器时代 马厂类型
高 19.1 厘米，口径 7.6 厘米，腹径 13 厘米，底径 6.5 厘米
海东市乐都区柳湾遗址出土
中国青海柳湾彩陶博物馆藏

泥质红陶。小口，口沿外侈，长颈，颈部有环形耳，
稍垂腹，小平底。器身施黑红两彩，颈部饰有锯齿纹，
腹部为圆圈纹。

波折纹长颈彩陶壶

新石器时代 马厂类型
高26厘米，口径8厘米，腹径19厘米，底径8厘米
海东市乐都区柳湾遗址出土
中国青海柳湾彩陶博物馆藏

侈口彩陶罐

新石器时代 马厂类型
高 9.5 厘米，口径 17.5 厘米，腹径 13.5 厘米，底径 5.5 厘米
海东市乐都区柳湾遗址出土
中国青海柳湾彩陶博物馆藏

菱形纹彩陶罐

新石器时代 马厂类型
高 13.4 厘米，口径 18.6 厘米，腹径 20 厘米，底径 9.4 厘米
海东市乐都区柳湾遗址出土
中国青海柳湾彩陶博物馆藏

泥质红陶。大口，深腹，颈部有对称的环形耳，耳上
端与器口相连，稍鼓腹，小平底。器身施黑红彩，绘
有菱形网格纹，颈部为锯齿纹。口沿内彩绘连弧纹。

四大圆圈纹彩陶壶

新石器时代 马厂类型
高 39 厘米，口径 13.4 厘米，腹径 41 厘米，底径 13.5 厘米
海东市乐都区柳湾遗址出土
中国青海柳湾彩陶博物馆藏

泥质红陶。小口，口沿外侈，短颈，鼓腹，小平底，
腹下有对称的环形耳。施黑红两彩，为四大圆圈纹图
案，圈内有红彩十字纹。

四大圆圈纹彩陶壶

新石器时代 马厂类型
高 41.8 厘米，口径 15.7 厘米，腹径 38 厘米，底径 11 厘米
海东市乐都区柳湾遗址出土
中国青海柳湾彩陶博物馆藏

泥质红陶。小口，口沿外侈，短颈，鼓腹，腹有对
称的环形耳，小平底。器身施黑红两彩，绘有四大
圆圈纹，圈内饰三网圈纹。

陶壶

石器时代 马厂类型
高 32.5 厘米，口径 10 厘米，腹径 32 厘米，底径 11 厘米
海东市乐都区柳湾遗址出土
中国青海柳湾彩陶博物馆藏

漩涡纹彩陶壶

新石器时代 马厂类型
高 40 厘米，口径 15.8 厘米，腹径 38 厘米，底径 14 厘米
海东市乐都区柳湾遗址出土
中国青海柳湾彩陶博物馆藏

泥质红陶。小口，直颈，鼓腹，小平底，腹下有对
称的环形耳。器身施黑红两彩，纹饰为漩涡锯齿纹，
颈部为锯齿纹。

狗面陶罐

新石器时代 马厂类型
高 25 厘米，口径 13 厘米，腹径 15 厘米，底径 7.5 厘米
海东市乐都区柳湾遗址出土
中国青海柳湾彩陶博物馆藏

夹砂红陶。在罐口加一半圆形泥板，用泥条加工
成狗面形象。正中穿孔，颇似眼睛，用小泥条做
成鼻子、耳朵等形象。鼓腹，小平底。

镶石珠彩陶碗

新石器时代 马厂类型
高 5.5 厘米，口径 13.5 厘米，底径 5.3 厘米
海东市乐都区柳湾遗址出土
中国青海柳湾彩陶博物馆藏

绿松石石片

新石器时代 马厂类型
最大：长 3.25 厘米，宽 2.73 厘米
海东市乐都区柳湾遗址出土
中国青海柳湾彩陶博物馆藏

陶纺轮（5件）

新石器时代 马厂类型

外径 6.88 ～ 8.01 厘米，内径 0.79 ～ 1.15 厘米，厚 1.05 ～ 1.56 厘米

海东市乐都区柳湾遗址出土

中国青海柳湾彩陶博物馆藏

石锛

新石器时代 马厂类型
长 11.4 厘米，刃宽 4.68 厘米，柄宽 3.63 厘米，厚 1.46 厘米
海东市乐都区柳湾遗址出土
中国青海柳湾彩陶博物馆藏

石刀

新石器时代 马厂类型
长 11.47 厘米，刃长 10.18 厘米，宽 4.98 厘米，厚 0.9 厘米
海东市乐都区柳湾遗址出土
中国青海柳湾彩陶博物馆藏

涡纹彩陶豆

新石器时代 马厂类型
高 9.7 厘米，口径 16.4 厘米，足径 8.4 厘米
海东市乐都区柳湾遗址出土
青海省博物馆藏

泥质红陶，施黑红彩。侈口，喇叭形高圈
足，足部有圆形镂空，口沿外部为折线纹，
内部主题纹饰为漩涡纹配有小圆点纹，圈
足处有三道弦纹。

◇ 宗日遗址（距今 4000 年）

　　宗日文化因发现于青海省海南藏族自治州同德县宗日遗址而命名。"宗日"系藏语地名，意为"人群聚居的地方"。遗址位于黄河岸边的二级台地。该文化目前发现仅分布于贵德、共和盆地。根据目前宗日遗址的发掘资料，马家窑文化和具有宗日遗址典型特征的文化资料共存。狭义的宗日文化应仅限于夹砂陶和夹砂彩陶为代表的器物。

宗日遗址

石铲

新石器时代 宗日文化
长 14.5 厘米，宽 9.8 厘米，厚 0.8 厘米
海南藏族自治州同德县宗日遗址出土
青海省博物馆藏

陶埙

新石器时代 宗日文化
高 6.6 厘米，宽 4.6 厘米，底径 2 厘米
海南藏族自治州同德县宗日遗址出土
青海省博物馆藏

呈扁椭圆状，泥质红褐陶，顶端设一圆形吹孔，
腹部钻对称的两个按孔，中空，平底，是青海省
迄今发现的年代最早的陶埙。

折线纹彩陶小壶

新石器时代 宗日文化
1：高 9 厘米，口径 3.4 厘米，腹径 7.5 厘米，底径 3.4 厘米
2：高 7.5 厘米，口径 3 厘米，腹径 7.2 厘米
海南藏族自治州同德县宗日遗址出土
青海省博物馆藏

质地粗糙，内夹粗砂，呈乳黄色。侈口、圆腹、平底，
腹下有四个对称的纽。用紫红彩在口沿处彩绘三角纹，
肩腹部绘有折线纹。

1

2

人面纹带柄彩陶碗

新石器时代 宗日文化
高 10.5 厘米，口径 14.9 厘米，底径 6.6 厘米
海南藏族自治州同德县宗日遗址出土
青海省博物馆藏

质地粗糙，内夹粗砂，呈乳黄色。敞口、
斜直壁、平底，器表有绳纹和小乳钉纽，
一侧带把，柄部为抽象人面纹。俯视碗内，
以碗底为圆心，紫红彩形成光芒四射的太
阳纹。器型简单，纹饰简洁具象，为宗日
文化典型彩陶器。

鹰纹彩陶壶

新石器时代 宗日文化
高 39 厘米，口径 9.2 厘米，腹径 2.6 厘米，底径 11.6 厘米
海南藏族自治州同德县宗日遗址出土
青海省博物馆藏

夹砂陶，口沿外侈，直颈，广肩，鼓腹，平底，无
耳。肩部有附加堆纹。腹部饰有绳纹。彩陶纹饰为
紫红彩，口部饰小三角纹，颈部为折线纹，肩部一
周绘变形鹰纹。纹饰简单抽象，手法自然娴熟。

青铜时代

Qinghai During The Bronze Age

距今 4000 年左右，青海地区逐渐进入青铜时代，延续时间达 2000 年之久，是本土文化发展的重要阶段。齐家文化，是青海境内年代最早的青铜文化，其后为卡约文化、辛店文化和诺木洪文化。这些文化中出现了较大规模的畜牧业经济，体现了青海先民适应自然、征服自然能力的提高。青海境内的卡约文化、辛店文化和诺木洪文化被认定为羌人所创造的。

◇ 齐家文化（距今 4200～3800 年）

齐家文化集中分布在黄河上游和河湟谷地及支流的台地上。这一时期，制陶工艺有了新的突破，陶器质地细腻，打磨光滑。其中，双大耳罐、高领折肩壶、鸮面罐为典型器物。彩陶较少，多用红色绘制三角纹、折线纹等图案。还发现有造型规整、工艺成熟的圆銎阔叶形倒钩铜矛、铜镞、七星纹铜镜、骨柄铜刀、锥等青铜器。经济形态因地而异，大部分地区以农业为主，有些地区则以畜牧业为主要经济形态。

三足陶盉

齐家文化
高 15.6 厘米，口径 7.9 厘米，腹径 12 厘米，底径 10 厘米
海东市乐都区柳湾遗址出土
中国青海柳湾彩陶博物馆藏

夹砂灰陶。敛口，折肩，桶状腹，袋足。口部外侧有一管状流。腹部有对称的环形耳，刻有折线纹。器表有烟炱痕迹。

鸮面陶罐

齐家文化
高 18.3 厘米，口径 13 厘米，腹径 13 厘米，底径 7 厘米
海东市乐都区柳湾遗址出土
中国青海柳湾彩陶博物馆藏

夹砂灰陶。口沿处用泥条堆塑成鸮面形象，正中穿孔，
孔似眼睛。颈部有附加堆纹。

陶鬲

齐家文化
高 9.5 厘米，口径 8 厘米，腹径 9 厘米
海东市乐都区柳湾遗址出土
中国青海柳湾彩陶博物馆藏

玉璧芯

齐家文化
直径 5.5 厘米，厚 0.8 厘米
海东市乐都区柳湾遗址出土
中国青海柳湾彩陶博物馆藏

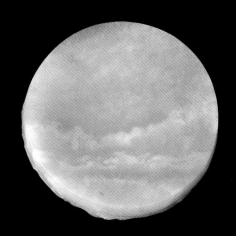

玉纺轮

齐家文化
直径 4.97 厘米，厚 1 厘米
海东市乐都区柳湾遗址出土
中国青海柳湾彩陶博物馆藏

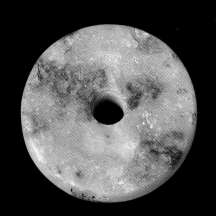

骨镞

齐家文化
长 3.76 厘米，宽 1.1 厘米
海东市乐都区柳湾遗址出土
中国青海柳湾彩陶博物馆藏

石矛

齐家文化
长 10.9 厘米，宽 4.5 厘米，厚 0.5 厘米
海东市乐都区柳湾遗址出土
中国青海柳湾彩陶博物馆藏

双耳素陶壶

齐家文化
高 41 厘米，口径 19.5 厘米，腹径 28.5 厘米，底径 12 厘米
海东市乐都区柳湾遗址出土
中国青海柳湾彩陶博物馆藏

石斧

齐家文化

长 11.39 厘米，刃宽 5.09 厘米，柄宽 4.6 厘米，厚 1.21 厘米

海东市乐都区柳湾遗址出土

中国青海柳湾彩陶博物馆藏

石刀

齐家文化

长 11.5 厘米，刃宽 10.25 厘米，柄宽 11.5 厘米，厚 0.8 厘米

海东市乐都区柳湾遗址出土

中国青海柳湾彩陶博物馆藏

石铲

齐家文化

长 8.09 厘米，刃宽 6.35 厘米，柄宽 4.88 厘米，厚 1.27 厘米

海东市乐都区柳湾遗址出土

中国青海柳湾彩陶博物馆藏

石凿

齐家文化

长 8.17 厘米，刃宽 1.57 厘米，柄宽 1.94 厘米，厚 1.58 厘米

海东市乐都区柳湾遗址出土

中国青海柳湾彩陶博物馆藏

龙首骨梗刀

齐家文化
长 24.7 厘米，宽 2 厘米，厚 0.8 厘米
海东市乐都区柳湾遗址出土
青海省博物馆藏

略呈弧形，用动物骨骼磨制而成，一端
形如龙首，另一端稍残。一侧开槽，用
于镶嵌细石叶。

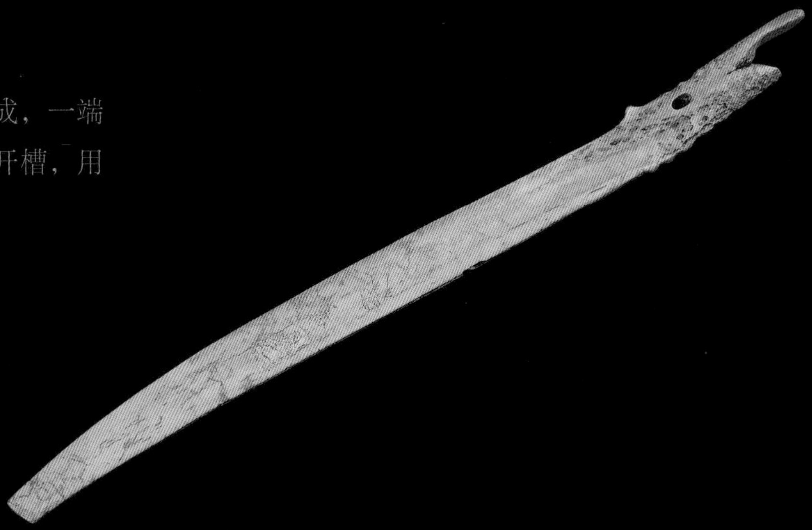

骨叉

齐家文化
长 25.8 厘米，叉宽 2.6 厘米，柄宽 1.1 厘米
海南藏族自治州同德县宗日遗址出土
青海省博物馆藏

骨叉三齿，柄端刻三角花形。在齐家文
化遗址中较为常见。

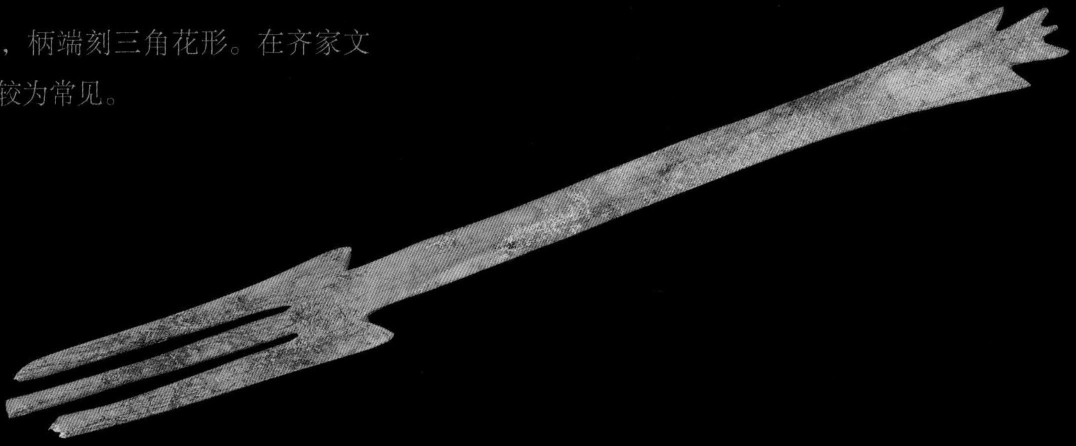

玉斧

齐家文化
长 16.9 厘米，宽 4.5 厘米
海东市化隆县沙隆卡遗址出土
青海省化隆回族自治县博物馆藏

玉质，长条梯形，褐色。通体磨光，单面
又一纵向切割沟槽。两面磨光，刃平直。
器型规整，磨利精细，是齐家文化中的精
美玉器。

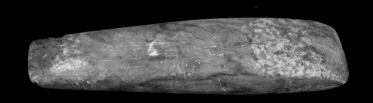

玉环

齐家文化
宽 12 厘米，厚 1.2 厘米
海东市化隆县群科镇文卜县出土
青海省化隆回族自治县博物馆藏

玉质，近圆形，较厚重，器表一侧有不规则斑纹。

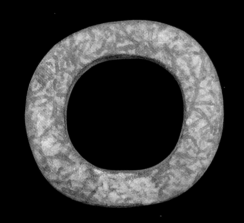

马镳

齐家文化
长 16.2 厘米，孔长 2.7 厘米，宽 1.2 厘米
西宁市大通县长宁遗址出土
青海省文物考古研究所藏

一端尖曲，另一端为四棱形，在四棱形中
段凿有一长方形穿孔。制作精致。

◇ **喇家遗址**

位于黄河上游的海东市民和县官亭镇喇家村，遗址内分布着马家窑文化、齐家文化、辛店文化等多种类型的遗存，主要为齐家文化中晚期遗存，是我国一处大型灾难性遗址。通过考古发掘揭露出的环壕、祭台、广场、殉坑及一批房址、墓葬、陶窑等遗迹。多学科的综合研究表明，地震及洪水造成了该遗址的废弃。

玉芯

齐家文化
径 4.16 厘米，厚 0.58 厘米
海东市民和县喇家遗址出土
青海省文物考古研究所藏

青绿色，圆形，表面有土沁，一面有管钻痕迹。

带柄陶罐

齐家文化
高 11 厘米，宽 16 厘米，口径 7.3 厘米，
腹径 12.5 厘米，底径 8 厘米
海东市民和县喇家遗址出土
青海省文物考古研究所藏

泥质灰陶。敛口，鼓腹，平底。口沿至腹
上部饰七圈凹弦纹。一侧有一弯钩形柄。

双口提梁彩陶壶

齐家文化
高 22 厘米，口径 7.5 厘米，腹径 17 厘米，底径 8 厘米
海东市民和县喇家遗址出土
青海省博物馆藏

泥质红陶，双口，短直颈，球形腹，双口间用宽弧
形提梁连接，平底。通体用黑彩绘折线纹。造型新
颖别致，纹饰简洁明快，为齐家文化中少见的异形
彩陶器。

三耳罐

齐家文化
高 5.2 厘米，口径 9.5 厘米，底径 11 厘米
海东市民和县喇家遗址出土
青海省博物馆藏

细泥红陶。喇叭口，高颈，略鼓腹，等距
离三个宽弧形大耳，耳从口沿接到腹部。
器型规整，造型新颖。

高领折肩篮纹壶

齐家文化
高 8.5 厘米，口径 18.5 厘米，底径 25 厘米
海东市民和县喇家遗址出土
青海省博物馆藏

泥质红陶，侈口，高颈，折肩，平底，腹
部置有对称的扁耳。腹部拍印篮纹。器型
规整美观，为齐家文化典型器。

◇ **卡约文化**（距今 3600 ~ 2600 年）

　　卡约文化因首先发现于青海省西宁市湟中县李家山卡约村而得名。"卡约"一词为藏语地名，意为山口前之平地。该文化主要分布在青海境内的黄河上游及其支流湟水、大通河等流域和青海湖周围地区。卡约文化是青海省分布最广、最具地方特色的考古文化类型。卡约文化的制陶业不甚发达，陶器的质地比较疏松粗糙，但彩色陶器表面较为光亮，纹饰多用红彩和黑彩绘出。纹饰中常见鹿纹和大角羊纹等动物图案。

三角援铜戈

卡约文化
长 10.9 厘米，援宽 5.2 厘米，厚 0.05 厘米
西宁市大通县上孙家寨汉晋墓出土
青海省博物馆藏

铜铸，戈身近似于等腰三角形，平薄，中央纵向起脊。刃边略弧，前锋较钝，无阑，有两个穿。内呈长方形，上有长条形穿，用于固定柲柄。器身满布自然生成的铜绿锈。器型规整，十分美观，极具卡约文化特色。

十字形铜戈

卡约文化
高 18 厘米，銎宽 6.1 厘米，銎厚 2.1 厘米
海东市化隆县索拉台出土
青海省博物馆藏

铜铸，近似十字镐形。椭圆形銎通穿戈体。无胡，纵剖面为三角形，锋刃略弧。造型别致，铸造精细，为卡约文化典型铜器，极具地方文化特色。由于以圆銎代替阑，该件器物也可能是由矛、戈分件合体的兵器——戟。

大角羊纹彩陶罐

卡约文化
高 13.2 厘米，口径 14.1 厘米，腹径 17.8 厘米，底径 6.5 厘米
海东市循化县阿哈特拉出土
青海省博物馆藏

泥质红陶，侈口，束颈，双耳，垂腹，器底较小，内凹
成圈足。器表下腹部以上涂有一层红褐色陶衣，陶衣上
绘有黑彩。口沿内侧绘有一圈折线纹，颈部绘有一圈平行
双线纹，内填连续"人"字纹，上腹部绘有两组立姿大
角羊纹，一组三只，形态逼真，形象生动。两组大角羊
纹间以"田"字纹隔开。器表下腹部绘有一圈平行双线纹，
内填折线纹。该件彩陶罐的双耳从口沿处延伸至颈部，
双耳外侧绘有田字变形纹"✖"。

折线纹铜鬲

卡约文化
高 21.9 厘米，口径 20 厘米，腹径 11.7 厘米
西宁市鲍家寨出土
青海省博物馆藏

侈口，略束颈，鼓腹，三袋形锥状足，口沿
置对称立耳。颈部饰弦纹，分档处饰人字纹。
卡约文化中铜容器非常少见，此件铜鬲是罕
有的珍品，是早期商文化影响到青海地区的
实物见证。

◇ 青铜时代的装饰

青铜时代装饰品的数量和种类丰富，其中卡约文化墓葬中装饰品数量可达随葬品总数的 90% 以上。装饰品由铜、石、骨、牙、蚌等不同材质加工而成。铜质品最多，且种类多样，常见的有铃、环、泡、扣、管、簪、牌饰等。骨质的有笄、珠、管等。骨管制造精致，刻划动物形态生动逼真。石质的有珠和璧等。贝饰有石贝、骨贝、海贝和金贝等，多在其一端穿小孔。此外还有用鹿牙、狗牙、羊蹄骨等做成的装饰品。

铜铃

卡约文化
高 7 厘米，长径 4.5 厘米，短径 3.5 厘米
西宁市大通县上孙家寨汉晋墓出土
青海省文物考古研究所藏

铃身呈圆球形，镂空，内有一石质铃舌，柄为圆柱形，有穿孔。

铜铃

卡约文化
高 3.7 厘米
西宁市湟源县大华中庄出土
湟源县博物馆藏

四面人像铜杖首

卡约文化
高 6.6 厘米，长 7.1 厘米
西宁市湟源县大华中庄出土
湟源县博物馆藏

杖首平座内空，四面人像，其中两面人像面向一致，另外两面反向对称。高鼻阔目，头顶中脊凸起，与鼻梁连为一体。为祭祀礼器。

角饰

卡约文化
长 9.6 厘米，宽 7.1 厘米
西宁市湟源县大华中庄出土
湟源县博物馆藏

用鹿角根部分叉处截制而成，器表刻有虎形纹饰。

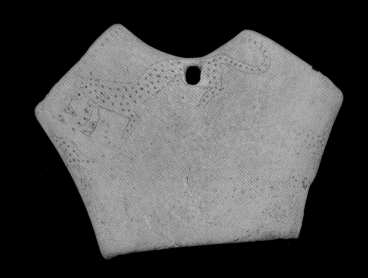

方形多孔骨饰（2 件）

卡约文化
高 1.6 厘米，长 6 厘米，宽 1.9 厘米
西宁市湟源县大华中庄出土
湟源县博物馆藏

牙饰（10件）

卡约文化
长 2～2.4 厘米，宽 0.8～1.6 厘米
海南藏族自治州共和县合洛寺出土
青海省文物考古研究所藏

动物牙制成，有穿孔，推测为装饰品。

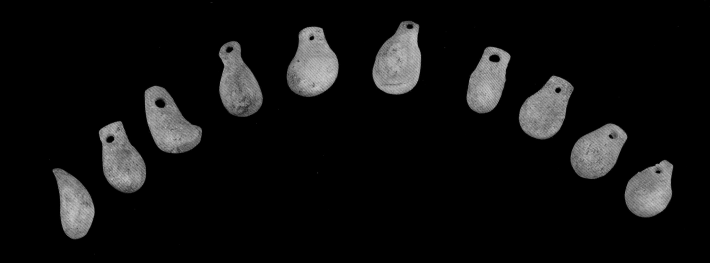

铜矛

卡约文化
长 23 厘米，宽 3.4 厘米，銎直径 2.7 厘米
西宁市湟源县大华中庄出土
湟源县博物馆藏

铜质，尖峰，两面起翼，翼中有凹槽。
圆銎，两面有对称的三角形孔，用以固柄，
器形完整。

铜斧

卡约文化
长 10 厘米，宽 4 厘米
征集
青海省化隆回族自治县博物馆藏

长条方孔，刃扁薄较钝，柄端宽厚，两
面有小对孔，用于加固木柄。竖插孔，
加工精制，品相完好，判断是卡约文化
铜器中的精品，对于研究当时的冶金技
术及农耕用具有重要意义。

铜斧

卡约文化
长 8.5，最宽 4.5 厘米
西宁市大通县上孙家寨汉晋墓出土
青海省文物考古研究所藏

管銎，銎内残留有木柄痕迹。斧身呈竖长
方形。銎上一长方形的组系，刃部残。

铜牌饰

卡约文化
长 7.6 厘米，最宽 6.4 厘米
西宁市大通县上孙家寨汉晋墓出土
青海省文物考古研究所藏

近似亚腰形，边缘有一周镂孔，一面素面，
一面有四组纹饰，第一组为菱形网格纹，
第二组锈蚀，似动物纹饰，第三组为三角
纹，第四组为不规则纹饰。

调色器

卡约文化
臼：长 11.6 厘米，宽 3.4 厘米，厚 2.2 厘米
棒 1：长 10.2 厘米，径 2.4 厘米
棒 2：长 7.2 厘米，径 1.5 厘米
海东市化隆县李家峡下半主洼出土
青海省文物考古研究所藏

石条上有三个凹坑，内有残留的颜料。

2

1

鹰纹骨管

卡约文化
长 11.5 厘米，径 1.9 厘米
西宁市大通县上孙家寨汉晋墓出土
青海省文物考古研究所藏

动物骨骼制成，管面刻有成组成排的鹰形
纹饰，雕刻精美。

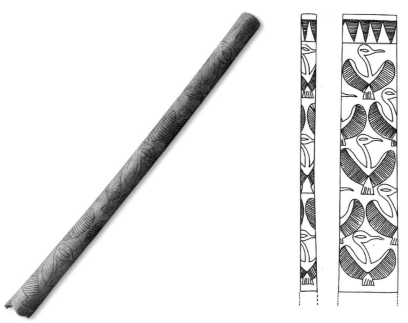

（许新国著：《西陲之地——东西方文明》，
北京燕山出版社 2006 年版）

鹿纹骨管

卡约文化
长 21.5 厘米，宽 1.5 厘米，径 1.25 厘米
西宁市大通县上孙家寨汉晋墓出土
青海省博物馆藏

动物肢骨制成，管面刻划鹿纹。

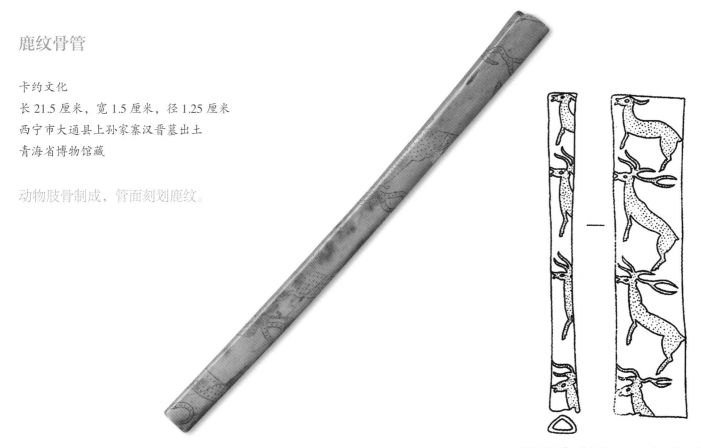

（许新国著：《西陲之地——东西方文明》，
北京燕山出版社 2006 年版）

◇ 辛店文化（距今 3600～2600 年）

辛店文化在青海地区主要分布于黄河上游、湟水流域。彩陶比较发达，彩绘双勾纹的双耳彩陶罐和腹耳壶为典型器物。纹饰中表现鹿、狗、羊、鸟等动物形象，也是辛店文化的重要标志。生产工具多为石器、骨器，种类有刀、斧、铲、镞等，铜器以小件为主。辛店文化的农业和畜牧经济较为发达。

太阳纹彩陶罐

辛店文化
高 24.9 厘米，口径 12.3 厘米，腹径 19 厘米，底径 7 厘米
海东市民和县核桃庄小旱地出土
青海省博物馆藏

夹砂红陶，侈口，双大耳，鼓腹，凹圆底。黑红两彩纹饰，口沿以红彩宽带纹为底，上绘黑彩折线纹。颈部为黑彩弦纹间作菱形纹和间断式平行线纹。肩部饰双勾纹，并填充太阳纹与禾苗纹。腹下部饰竖线条纹。

双耳彩陶壶

辛店文化
高 33 厘米，口径 16 厘米，腹径（带耳）27 厘米，底径 10.5 厘米
海东市民和县核桃庄小旱地出土
青海省文物考古研究所藏

敞口、长颈、溜肩、鼓腹，最大径在中腹偏下，平底。口
沿、颈、中腹部饰红色彩带，每条彩带上下以黑线条封边，
中间红彩之上以成组短斜线构成几何纹带，颈与腹部彩带
间以黑彩绘变体鸟纹。

鹿纹彩陶瓮

辛店文化
高 60.5 厘米，口径 32.5 厘米，腹径 47 厘米，底径 15.5 厘米
海东市乐都区双二东坪遗址出土
青海省博物馆藏

夹砂陶，侈口，束颈，溜肩，凹圜底。器型高大，胎壁厚重，有"黄河陶王"之称。口部为黑彩宽带纹和回纹，腹部为禾苗纹、折线纹、钩形纹和竖折线纹，主题纹饰则是颈肩部用黑彩描绘的两只站立的鹿，鹿的头部略昂起，作嘶鸣状。这种图案在北方游牧民族中较为典型，很多岩画和彩陶上均以此为主题。

单耳彩陶杯

辛店文化
高 6.7 厘米，口径 7 厘米，腹径 6.7 厘米，底径 3.5 厘米
海东市民和县核桃庄小旱地出土
青海省博物馆藏

夹砂陶，直口，凹圆底，口部置单耳。黑红双彩。
口沿以红彩宽带纹为底，上绘黑彩斜线纹，腹部
绘横连珠纹和竖直线纹。器型小巧规整，器表磨光，
纹饰繁简相宜。

彩陶靴

辛店文化
高 11.4 厘米，口径 6.8 厘米，底长 14.3 厘米，靴面厚 5 厘米
海东市乐都区柳湾遗址出土
青海省博物馆藏

夹砂红陶，口微侈，靴内空，靴筒为圆形，靴帮与靴
底衔接处向内凹曲，靴底前尖后方。通体施紫红色陶
衣并以黑彩绘制几何形图案彩绘纹饰和双线条纹。靴
筒绘有对称双线回纹，靴帮饰双线带纹和三角纹。该
彩陶靴在我国属首次发现。

◇ 唐汪类型陶器

　　唐汪类型陶器因首先发现于甘肃省东乡县唐汪川而得名，主要分布于湟水流域及其支流。器类有双大耳罐、双耳罐、四耳罐、单耳罐、单耳杯、豆、鬲等，彩陶一般涂红陶衣，部分为紫陶衣，多以黑彩构图。纹饰多为连续涡纹。其与卡约、辛店文化有着某种程度的传承关系。

涡纹筒状杯

唐汪类型
高 9 厘米，口径 10.3 厘米，底径 9.2 厘米
西宁市大通县上孙家寨汉晋墓出土
青海省博物馆藏

泥质红陶，口微侈，直腹，腹部有对称双耳，平底。通体施红陶衣，黑彩纹饰。口内部绘多组直线纹，外颈部为变形"S"纹，腹部饰连续涡纹，为典型的唐汪式陶器。

煤精耳珰

唐汪类型
长 1.8～1.9 厘米，粗端径 0.6～0.7 厘米
西宁市大通县上孙家寨汉晋墓出土
青海省文物考古研究所藏

煤精制成，中间穿孔，呈花瓶状。

涡纹彩陶鼎

唐汪类型
高 19.3 厘米，口径 13.2 厘米，腹径 17.6 厘米
海东市互助县张卡山遗址出土
青海省博物馆藏

泥质红陶，侈口，短颈，圆垂腹，腹下附
有三个锥形足。通体施红色陶衣，黑彩纹
饰。颈部绘多组竖线纹，肩腹部绘连续涡
纹。器型规整，纹饰简练。

涡纹彩陶壶

唐汪类型
高 22 厘米，口径 11.5 厘米，腹径 16 厘米，底径 5 厘米
海东市互助县张卡山遗址出土
青海省博物馆藏

泥质红陶。喇叭形口，束长颈，垂腹，双大耳，圆
底。器表施紫红色陶衣，黑彩纹饰。颈部绘弦纹间
作三角纹，耳部饰斜线纹，腹部饰连续涡纹。造型
规整，纹饰构图巧妙，笔锋流畅。

◇ 诺木洪文化（距今 3000～2400 年）

诺木洪文化因在青海省都兰县诺木洪塔里他里哈首先发现而得名，与卡约文化有密切联系。诺木洪文化地域性很强，分布范围仅限于青海柴达木盆地及其周边地区。出土器物有陶、石、骨、铜器和毛织品。陶器以夹砂陶为主，器类有双耳罐、单耳罐、四耳罐、盆、瓮等，多为素面，纹饰以压印纹、篮纹为主。铜器有斧、鋬、刀、钺及铜渣等。石器和骨器多为农业生产工具，器形有刀、铲、镞、凿、匕等，遗址中还发现大量牛、羊等动物骨骼。

毛绳（2 件）

诺木洪文化
1：残长 36 厘米，宽 0.7 厘米
2：残长 30 厘米，宽 1.2 厘米
海西蒙古族藏族自治州都兰县诺木洪塔里他里哈遗址出土
青海省文物考古研究所藏

1

2

毛布残片（2件）

诺木洪文化

1：残长 6.5 厘米，残宽 6 厘米

2：残长 16.5 厘米，残宽 9.5 厘米

海西蒙古族藏族自治州都兰县诺木洪塔里他里哈遗址出土

青海省文物考古研究所藏

1

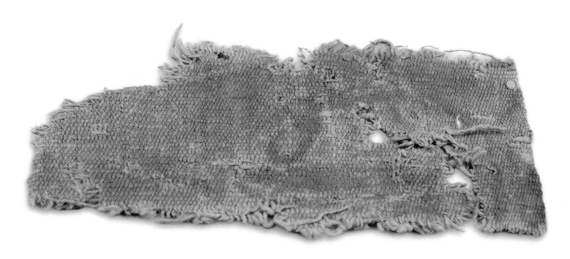

2

陶牦牛

诺木洪文化
长 8.2 厘米，高 5.8 厘米，宽 3.3 厘米
海西蒙古族藏族自治州都兰县诺木洪塔里他里哈遗址出土
青海省博物馆藏

夹砂陶，手工捏塑而成，伫立状。眼、鼻镂空。肩部高耸，背部呈波浪形，腹部长毛及地。造型浑厚古朴。

野牛沟岩画（野牛、牦牛、狼、鹰、人和马、鹿、熊）
（汤惠生、张文华：《青海岩画——史前艺术中二元对立思维及其观念的研究》，科学出版社 2001 年版）

交 流 伊 始

The Beginning of Cultural Communication

青海地处东西方文化交汇区，是人类迁徙以及藏彝走廊的重要通道，亦是中原农耕文化与草原游牧文化的接合部。青海青铜时代各文化中所发现的玉礼器、陶器、铜器、粟黍、小麦、驯养动物及海贝等遗存，反映出羌人所创造的本地文化与中原文化、欧亚草原青铜文化、南亚青铜文化等多种文化有着千丝万缕的关系。

◇ **粟作农业的西传**

距今 6000 年左右，来自甘肃东部的仰韶文化传播到青海东部地区，带来了种植已久的粟和黍以及成熟的农业生产技术，并很快被从事采集狩猎经济的青海土著人群所接受。

欧洲南部撒丁岛利地区有连臂舞形象的陶盘（公元前 4000 年）

（汤惠生、张文华：《青海岩画——史前艺术中二元对立思维及其观念的研究》，科学出版社 2001 年版）

◇ 舞蹈纹类题材的东传

在马家窑文化晚期，同德宗日文化及大通上孙家寨出土的多人连臂舞蹈纹及二人抬物等人物形象，均出现在马家窑类型分布的西部边缘地带，具有地方特色。但此类舞蹈纹类题材还广见于距今 11000～8000 年的近东和东南欧地区，说明舞蹈纹类题材也有向东传播的可能。

舞蹈纹彩陶盆

新石器时代 马家窑类型
高 12.5 厘米，口径 24.2 厘米，腹径 24 厘米，底径 9.9 厘米
海南藏族自治州同德县宗日遗址出土
青海省博物馆藏

敛口，卷沿，小平底，黑彩纹饰。口沿处有成组的对顶三角纹和成组的斜线纹，外壁绘有三道平行弦纹，口沿内壁绘有两组手拉手群舞的人体图形，一组十一人，一组十三人，共二十四人，人物的头部戴有宽大的头饰，腰部以圆球形为装束，两组人物之间以弧线纹、斜线纹、圆点纹相隔，人物的脚下饰有四条平行弦纹。整个的画面饱满而充实，动感中体现出远古文化的神韵。

双人抬物纹彩陶盆

新石器时代 马家窑类型
高 11.3 厘米，口径 24.5 厘米，腹径 24.5 厘米，底径 9.8 厘米
海南藏族自治州同德县宗日遗址出土
青海省博物馆藏

泥质红陶，唇外侈，略鼓腹，内外饰黑彩。内彩主题为四组两人相向而立，背部弯曲、双臂前伸共抬一圆形重物，四组纹饰之间以横竖条纹填充，人物和横线之间用竖线隔开，下面是平行纹，口沿饰三角纹和斜线条纹，盆外彩绘有平行带纹和单钩纹。

野牛沟岩画

（汤惠生、张文华：《青海岩画——史前艺术中二元对立思维及
其观念的研究》，科学出版社 2001 年版）

青铜牌饰

（汤惠生：《岩石上的历史画卷——青海海西岩画》，
中国民族摄影艺术出版社 2012 年版）

舍布齐岩画中佩以绹杖的骑猎图

（汤惠生：《岩石上的历史画卷——青海海西岩画》，
中国民族摄影艺术出版社 2012 年版）

◇ 岩画

青海地区的岩画大多属于青铜时代，代表地点主要有野牛沟（青海省海西蒙古族藏族自治州格尔木市）、舍布齐（青海省海北藏族自治州刚察县）、昂拉（青海省玉树藏族自治州通天河流域）等，时代大约在距今 3000～2500 年，岩画题材主要与北方草原地带和青海东部河谷地带的青铜文化有着密切的联系，如绹杖、多人舞蹈、鹰、鹿、漩涡纹等图案在同时期的彩陶图案和北方草原岩画中广泛流行。

野牛沟岩画中排成一列的鹰，是以北方草原艺术中"行列式"风格绘制，这种以"行列式"风格制作的动物形象在青铜器纹饰中很常见，如青海大通上孙家寨的卡约文化青铜牌饰上镌刻有一排"行列式"鹰的形象，内蒙古伊克昭盟匈奴墓中出土一柄铜刀也有"行列式"风格的动物形象，卡约文化骨管中亦有成组成排的鹰形象。

舍布齐岩画射猎图中骑猎者腰间长形的、其一端饰以球形物的武器称"绹杖"，在中亚出现的时间是公元前 3000 年~前 2000 年之间。佩带绹杖是中亚乃至欧亚草原地区（包括中亚和我国北方草原以及青藏高原）游牧部落武士和猎人的象征。

◇ 玉制礼器与"玉石之路"

青铜时代早期，齐家文化出现玉璧、三璜联璧、玉环、玉瑗、玉刀等具有礼仪性质的玉器，并呈现"重璧轻琮"的地域特色。玉礼器在整个社会观念中占有重要地位，标志着原始宗教礼仪活动已成熟。玉礼器的出现是受到中原陶寺文化、二里头文化的影响，说明在 4000 年前齐家文化与中原地区文化存在密切交流与互补关系，中原地区的玉制礼器向齐家文化输出。同时，以齐家文化为代表的西北地区玉料输入，并影响到中原地区的玉器文化，形成早期的玉石之路。

玉璧

齐家文化
宽 13.5 厘米，厚 0.8 厘米
海东市化隆县群科镇文卜具村出土
青海省化隆回族自治县博物馆藏

圆形，单面钻，通体布满土沁，厚薄不均，
周圆不甚规整。

四孔玉刀

齐家文化
长 54.5 厘米，宽 11.5 厘米，厚 1 厘米
西宁市大通县上孙家寨汉晋墓出土
青海省博物馆藏

玉质细润，长方形，两面磨出刃部，近刀
背处等距钻有四个圆孔，用于系挂，局部
有褐色斑，磨制精细。大而规整，器形太
薄易断裂，长方形背平直，刃部稍长，微
向内呈弧形，一端略宽，刀身宽，薄刃相
当锋利。

玉凿

齐家文化
长 14.2 厘米，宽 1.7 厘米，厚 1.53 厘米
海东市民和县喇家遗址出土
青海省文物考古研究所藏

青白色，通体磨光，顶端残损，刃部完整。
玉质温润，整体造型优美。

玉凿

齐家文化
长 29.1 厘米，宽 3.7 厘米，厚 0.8 厘米
海南藏族自治州同德县宗日遗址出土
青海省博物馆藏

棕灰色，长条形。柄部钻孔，下端两面磨
出平刃，较为锋利。两面纵向被琢磨成柔
美的凹面，横剖面呈弧形。型制规整美观，
表面经抛光，光洁细润。这件玉凿由石凿
发展而来，推测应不是实用的劳动工具，
属礼器。

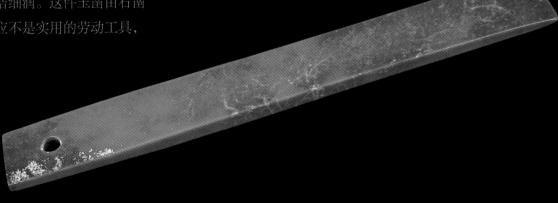

玉瑗

齐家文化
最大径 5.2 厘米，厚 0.47 ～ 0.62 厘米
海东市民和县喇家遗址出土
青海省文物考古研究所藏

淡绿色，素面，无沁，单面钻孔，边缘不
规整，器体厚薄不均，内孔偏于一侧。

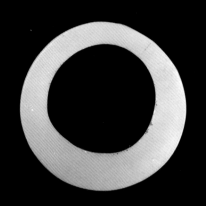

玉璧

齐家文化
长径 8.3 厘米，短径 7.4 厘米，厚 0.5 ～ 0.86 厘米
海东市民和县喇家遗址出土
青海省文物考古研究所藏

深绿色，部分位置受沁呈白色。玉璧呈不规
则扁圆形，单面钻孔，整体中间厚，边缘薄。

◇ 冶铜业的出现与青铜器的文化交流

青海青铜时代冶金业（冶铜业）的突出成就，是齐家文化中的青铜器含有红铜、砷铜和青铜。青海出土的阔叶形倒钩铜矛，与欧亚草原典型的塞伊玛—图尔宾诺倒钩铜矛相比，器身较宽，矛锋圆钝而非尖锋，倒钩与系耳异侧，明显仿制于典型的塞伊玛—图尔宾诺倒钩铜矛，故称之为"塞伊玛—图尔宾诺式倒钩铜矛"，是东西文化交流非常重要的实物资料。

塞伊玛—图尔宾诺文化中的权杖、铃首剑、管銎斧、管銎钺等文化因素，经新疆、河西走廊、长城地带直接或间接对青海青铜时代产生了重要影响。卡约文化、辛店文化、诺木洪文化中的青铜器并未受到中原青铜礼器的影响，仅个别文化因素如铜鼎、铜戈传入本地。

器类	中国境内			塞伊玛—图尔宾诺文化	
	齐家文化		其他地区		
铜矛	沈那遗址大通永丰村　甘肃省博物馆藏		下王岗　国家博物馆藏	阿尔泰	罗斯托夫卡

塞伊玛—图尔宾诺文化铜器对比图
（陈亚军：《齐家文化所见铜器与早期文化交流》，《西北师范大学学报》2018年第4期）

七星纹铜镜

齐家文化
直径8.8厘米，厚0.4厘米
海南藏族自治州贵南县尕马台出土
青海省博物馆藏

铜镜的边缘及镜纽周围饰凸弦纹，弦纹之间采用阳铸双关的构图法，饰有七角星纹，角与角之间有斜线纹，以套接的创意巧妙构图。镜中间有圆形拱纽，锈蚀较重。镜子边缘有两孔。经中国社会科学院考古研究所快中子放射分析法鉴定，其铜与锡的比例是1:0.096，属锡青铜器，是迄今为止我国发现的时代最早的一面铜镜。

铜矛

齐家文化
长 62 厘米，宽 19 厘米，厚 4.9 厘米
西宁市沈那遗址出土
青海省博物馆藏

宽叶、双面钝锋，中部起厚脊，矛阔叶状，
銎与刃部结合处一侧有倒钩。圆銎下端有
一纽和三道圆箍，銎内遗留残木柄痕迹。
器体宽大，铸造精美，推测该件铜矛是具
有象征意义的礼器，属于受塞伊玛—图尔
宾诺文化影响的典型器物。

环首铜刀

卡约文化
长 18.9 厘米，刃宽 1.6 厘米
西宁市湟中县共和镇前营村柳全录捐赠
青海省湟中县博物馆藏

环首铜刀

卡约文化
长 14 厘米，宽 2.3 厘米
西宁市湟中县李家山镇下西河潘家梁出土
青海省湟中县博物馆藏

鸟形铜铃

卡约文化
高 11.3 厘米，宽 3.8 厘米，直径 2.8 厘米
西宁市湟源县大华中庄出土
青海省文物考古研究所藏

青铜质，范铸合成，鸟体中空，内有圆形
石丸。鸟呈伫立状，挺胸昂首，双眼圆睁，
喙成钩状，头顶齿状立式冠，尾部展开。
鸟身两侧镂空成三个弧形长条孔，双腿为
镂空的圆銎。此鸟饰推测是插在某一物件
上的杖饰。

七孔铜钺

卡约文化
长 28 厘米，宽 6.3 厘米，厚 0.4 厘米
海东市循化县阿哈特拉出土
青海省博物馆藏

铜铸，刃部呈弧形，方形柄，钺身铸有七
孔，刃有四穿用于固秘部，两端内卷成圆
形孔，造型别致。

铜钺

卡约文化
斧长 14.5 厘米，刃宽 6.7 厘米，刃长 8.9 厘米，
西宁市湟中县共和镇前营村柳全录捐赠
青海省湟中县博物馆藏

銎呈椭圆形，銎背直立头朝同一方向的双
马，其中一马头断残。銎中部及一端分别
有相互对称的十六个正方形和长方形镂
孔。刃身有一直径为 2 厘米的圆孔，其
孔边缘饰一周凸出的连珠纹。

铜鸠首犬吠牛杖首

卡约文化
高 11.3 厘米，宽 10 厘米，銎直径 2.5 厘米
西宁市湟源县大华中庄出土
湟源县博物馆藏

圆銎，鸠首圆眼长喙微张，颈作管銎，鸠
鸟头部有一母子牛。母牛犄角呈 "O" 形，
背脊凸起，翘尾。腹下有一小牛吮乳状，
鸠喙尖部站立一犬，与母牛相望，作犬吠状。

金挂饰

卡约文化
直径 5.6 厘米
海东市化隆县下半主洼出土
青海省博物馆藏

半圆形，两端相接部位形成缺口。挂件用黄金
锤揲，轻薄，两端细，并穿孔，向中间逐渐变宽。

金挂饰

卡约文化
最长 12.5 厘米，最宽 4.2 厘米
海东市化隆县下半主洼出土
青海省博物馆藏

秦汉以前，青海地区被称为"羌戎之地"，羌人利用地
缘优势与周边地区建立了密切的联系。青铜时代，铜质
和金质的耳环、指环、手镯、环形挂饰等，据研究是受
到北方草原文化因素的影响，甚至可能与中亚、西亚等
地区青铜文化存在渊源关系。

◇ 卡约文化陶器与周边文化的交流

卡约文化陶器的风格主要承袭甘青地区新石器文化的陶器特点，与周边同时代的其他文化有着广泛交流与联系。从大的礼制系统看，卡约文化还是属于新石器时代以来中原地区形成的以盛食器为主的礼制系统，形成以大口双耳罐、小口双耳罐、双耳罐或侈口罐为随葬陶器三大件，构成本地礼器特点。鼎和鬲出现在卡约文化遗存中，应该是中原文化传播的结果。

客省庄文化	齐家文化	辛店文化	卡约文化
客省庄 H68	秦魏家 M36:1	核桃庄 M284:1	大源
			张卡山
			莫布拉 T2:2
			董家
			龙勃勃

卡约文化与客省庄文化、齐家文化、辛店文化陶器对比图
（乔红：《浅析卡约文化陶器与周边地区的文化交流》，《四川文物》2013 年第 3 期）

第 二 部 分

汉风羌道

Han Government and Qiangzhong Road

　　秦汉时期，匈奴崛起于北方草原，在冒顿单于时期"破东胡，走月氏，威震百蛮，臣服诸羌"，青海羌人和西域羌人成为匈奴进攻汉王朝的辅助力量。到汉武帝时期，西汉开始"北却匈奴，西逐诸羌"。汉昭帝时，西汉设置金城郡，自此青海东部正式纳入中央管理的郡县体制。东汉时期则从金城郡中析置西平郡（今西宁市），进一步巩固了汉王朝的西部边疆。正是在这一时期，青海羌中道成为联通东西的交通要道，与靠北的道路共同组成了沙漠丝绸之路。

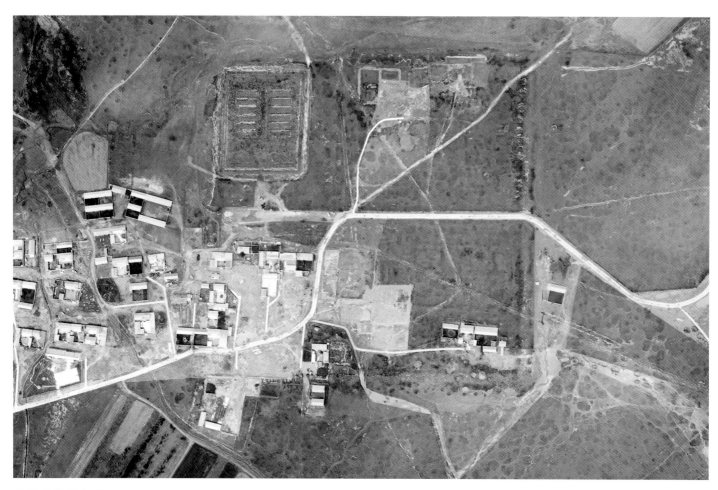

海晏县尕海古城

　　为联合西北各民族共同抗击匈奴，张骞于汉武帝建元三年（公元前138年）和元狩四年（公元前119年）两次奉命出使西域，打通了中原通往西域的道路，使天山南北与内地首次联成一个整体。这段历史被史学家司马迁形象地称作"张骞凿空"。这条通道就是后世闻名的"丝绸之路"。虽然没有实现最初的军事目的，但丝绸之路上使者相望，商旅不绝，促进了汉族和少数民族文化交融，沟通了中原和西域的政治、经济、文化交流，对后来东西方文明的发展产生了深远的影响。

◇ **断匈奴右臂**

　　汉初，匈奴与羌人遥相呼应，形成对汉朝的半包围，经常发动以掠夺人口和财富为目的的战争。张骞向汉武帝建议"厚币赂乌孙，招以益东，居故浑邪之地，与汉结昆弟，其势宜听，听则是断匈奴右臂"。在长期的韬光养晦后，汉朝发动了对匈奴的反击战争。骠骑将军霍去病率领汉军进行的西路作战三次重创匈奴，在今甘肃兰州以西一带沿祁连山至罗布泊，空无匈奴。公元前111年~前72年左右，汉朝陆续设置了敦煌、酒泉、张掖、武威四郡，隔断了匈奴与羌人的联系，迫使羌人退出湟水沿岸地区，难以北进。

河 湟 初 开

Qinghai Initially Developed by
Han Government

公元前 111 年，汉代名将李息、徐自为领兵征服了先零羌人，随后西汉政府开始在河湟地区迁徙汉人，开置公田，并开始在今西宁市及其附近陆续设立有军事和邮驿性质的西平亭、长宁亭、东亭等，河湟地区开始逐步纳入中原王朝的统治范围。汉宣帝神爵元年（公元前61 年），名将赵充国奉命平先零羌杨玉得胜后，罢兵屯田于河湟，设"护羌校尉"和"金城属国"，安置归附羌人。河湟地区正式纳入汉朝行政体系。

军司马印

汉代
高 2.5 厘米，边长 2.6 厘米
海东市乐都区蒲家墩出土
青海省博物馆藏

铜质，方形，桥形纽，印面阴刻篆书"军司马印"四字。军司马为部曲官职中的一级，按汉代军职，司马在军队中秩级悬殊。《后汉书·百官志一》："大将军营五部、部校尉一人，比二千石；军司马一人，比千石。"

陇西中部督邮印

汉
高 1.5 厘米，边长 2.5 厘米
海东市民和县中川清泉汉墓出土
青海省博物馆藏

方印、桥形钮。篆书"陇西中部督邮印"
七字，是汉代在陇西中部督察属县是否违
法乱纪和督察农业生产的官员之印。这些
印信的出土，说明青海东部是汉帝国郡县
制体系的重要组成部分。

诏假司马印

汉
高 2.5 厘米，底长 2.5 厘米，底宽 2.5 厘米
西宁市兴海路出土
青海省博物馆藏

铜质、桥形钮，阴文篆刻"诏假司马"，
印章完整，字迹清楚。按《后汉书·百官志》
中记载："大将军营五部，……其下置校
尉部，但军司马一人，又有军假司马，假
侯，皆为副贰"，说明"假司马"为两汉
常设军职，乃军司马之副职。天汉二年（公
元前 99 年），赵充国以假司马的身份跟
随贰师将军李广利攻打匈奴，开始崭露
头角。

灰陶仓

汉
高 17.5 厘米，长 10.7 厘米，宽 13 厘米
西宁市大通县上孙家寨汉晋墓出土
青海省文物考古研究所藏

泥质灰陶，仓身与顶分制。仓身系手、轮
合制。仓脊高且明显，两端翘起。四坡均
有瓦垄，从仓脊伸出，粗细不一。青海地
区出土的陶仓形制、纹饰大体相同，如仓
身一面一般都刻划有门和梯子。

灰陶灶

汉
高 11.5 厘米，长 14.5 厘米，宽 17.8 厘米
西宁市南滩墓群奶牛场出土
西宁市文物管理所藏

泥质灰陶，呈长方形，前方后圆，灶面有两火眼，灶面
模印有鱼、面团、茶碗、火钩、案儿、勺、刀具等厨房
用品，灶口挡火墙呈"山"字形，下有一拱形火门，灶
壁上刻有双层菱形纹，火门左有一瓶，右有烧火人，造
型生动写实，具有浓郁的生活气息。

陶釉井

汉
高 18 厘米，口径 11 厘米，底径 12.3 厘米
西宁市彭家寨汉墓出土
青海省文物考古研究所藏

圆筒形，口径略小于底径。有井亭，亭中
有辘轳，井口有一陶罐，示意为汲水器。

铺首衔环灰陶壶

汉
高 31 厘米，口径 14.3 厘米，腹径 21 厘米
西宁市彭家寨汉墓出土
西宁市文物管理所藏

泥质灰陶，侈口，长颈，鼓腹，腹部两侧
有对称"山"字形高冠铺首衔环双耳。

龙虎铭文铜镜

汉
直径 12.3 厘米，厚 0.7 厘米
西宁市大通县上孙家寨汉晋墓出土
青海省博物馆藏

圆纽，周围饰张口对峙的龙虎纹，边缘有
一圈栉齿和三角纹。外一周铭文为："尚
方作镜真大好巧工刻之成文章浮云连四
方交龙白虎居中央子孙"，铭文带外饰锯
齿和小波浪纹。

星云乳钉纹铜镜

汉
直径 15 厘米，厚 0.6 厘米
青海省博物馆藏

连峰纽，纽座外为内向十六连弧纹，主题
纹饰为小乳钉。其形状很像天文星象图，
古习称星云纹。图案分为四组，期间有乳
钉九枚，乳钉外围以连珠纹分割。边缘亦
作内向十六连弧纹，与纽座外的连弧纹相
对应。

卧式羊形铜灯

汉
高 9 厘米，长 11.4 厘米，宽 6.8 厘米
西宁市大通县黄家寨汉墓出土
青海省博物馆藏

铜质，略残。羊呈卧姿，体型健硕，生态温和，昂首卷曲。双目圆睁，双角弯曲贴至颊部，有须自颔下连至颈部，四肢肌肉发达，臀部肥硕，有尾。羊背和躯体分铸，在羊脖颈通体有线条状和点状刻划纹装饰。整个器物造型生动，设计精巧，羊背部折返竖立时，一件完整的动物形器具伏案于几上，也可以看成是一个精美的陈设，集艺术与实用为一体。

错金银铜盆

汉
高 5 厘米，口径 16.5 厘米，腹径 13 厘米，底径 8.1 厘米
西宁市湟中县鲁沙尔镇老幼堡村征集
青海省湟中县博物馆藏

平沿，圈足。外壁饰一圈弦纹和两个铺首，内壁用金银镶嵌出锯齿纹和云雷纹，制作精细，堪称精品。

陶厕

东汉
高 9.4 厘米，长 13.8 厘米，宽 11.5 厘米
西宁市海湖大道出土
青海省文物考古研究所藏

平面略呈正方形，正面开一门道，内设便
坑及足道，形制与现代农村所用旱厕相
似。这是目前青海省发现最早的一件单体
陶厕，也是全国为数不多的单体陶厕。

连弧纹铜镜

东汉
直径 9.5 厘米，厚 0.2 厘米
西宁市大通县上孙家寨汉晋墓出土
青海省文物考古研究所藏

圆纽，四柿蒂形座。座外为内向连弧纹，
四柿蒂间书铭文"寿如金石"。素面三角
棱缘。

龙虎纹铜镜

东汉末至魏晋
直径 8.9 厘米，厚 0.4 厘米
西宁市大通县上孙家寨汉晋墓出土
青海省文物考古研究所藏

圆纽，镜纽厚大，内区纹饰为高浮雕龙
虎纹，纹饰精细。外饰栉齿纹和锯齿纹
各一周。

螺旋形铜首饰（2件）

汉
直径 6.4 厘米
西宁市大通县上孙家寨汉晋墓出土
青海省大通回族土族自治县文物管理所藏

铜饰由约 0.3 厘米的铜丝弯曲成螺旋状，
可能是古人用来将发辫与首饰固定在一
起的一种发饰。

西　海　安　定

Stable Situation of Qinghai in
Han Dynasty

汉平帝元始四年（4年），王莽取得西海（青海湖）地区后，请
设西海郡，加上已有的东海、南海、北海三郡，制造出"四海归一""政
治升平"的景象。西海郡下设环湖五县，并在环湖地区设驿站及烽火台。

中原王朝势力进入青海后，创立和实行了若干行政管理制度。内
地的文化也影响到青海地区，并且与汉帝国的其他区域保持着高度的
一致性，同时，青海地区的地域文化特点也非常鲜明。

◇ **西海郡故城**

汉平帝元始四年（4年），王莽派人诱使游牧于青海湖地区的卑禾羌献地称臣，以其地建
西海郡，并筑城。王莽政权崩溃后，西海郡也随之废弃。

西海郡故城

虎符石匮

◇ 虎符石匮

西海郡故城内出土，篆刻有"西海郡虎符石匮，始建国元年十月癸卯，工河南郭戎造"铭文。"虎符石匮"主要用于盛放"符命四十二篇"，是王莽假托天命，大造舆论，夺取西汉政权的产物，也直接证明了王莽在青海东部置郡设县的史实。

该城以后屡经废建，一直延续到唐宋时期，西海郡故城是丝绸南路通向西域诸国的一座重镇。

◇ 赵充国与屯田实边

赵充国（公元前 137 年~前 52 年），字翁孙，汉族，原为陇西上邽（今甘肃天水）人，后移居金城（今甘肃永登），西汉著名将领。赵充国熟悉匈奴和氐羌的习性。汉武帝时，随贰师将军李广利出击匈奴，率壮士突围；昭帝时，又生擒西祁王。神爵元年（公元前 61 年），平息羌乱，提议以兵屯田，后人"千载称其贤"。致仕后，仍常参与议论"四夷"问题。谥号"壮"，为"未央宫麒麟阁十一功臣"之一。

赵充国实行的"屯田实边"的主要内容有：在湟中（今青海省湟水两岸）屯田，寓兵于农；自临羌至浩门间，开田修渠，由内地移民实边等等。

东汉政府继续推行在湟水地区屯田的政策，诚为时人所言"隔绝羌胡交关之路，遏绝狂狡窥欲之源"，"殖谷富边，省委输之役，国家可以无西顾之忧"。

汉 "三老赵掾" 石碑（拓片）

汉

通高 207 厘米，通宽 70.8 厘米

内芯高 116 厘米，宽 59.5 厘米

海东市乐都区白崖子村出土

青海省博物馆藏

又称《三老赵宽碑》，赵掾即赵宽，掾是古代属官的官职通称。撰刻于 180 年，记述了汉代名将赵充国河湟屯田的业绩及其子孙继承祖志的事迹，同时也涉及当时的军事、政治、历史和社会状况。碑中详记赵氏世系至十世之远，为汉碑所罕见，所载名字官位，多可补正两《汉书》之缺误。该碑镌刻流畅，字体劲健。

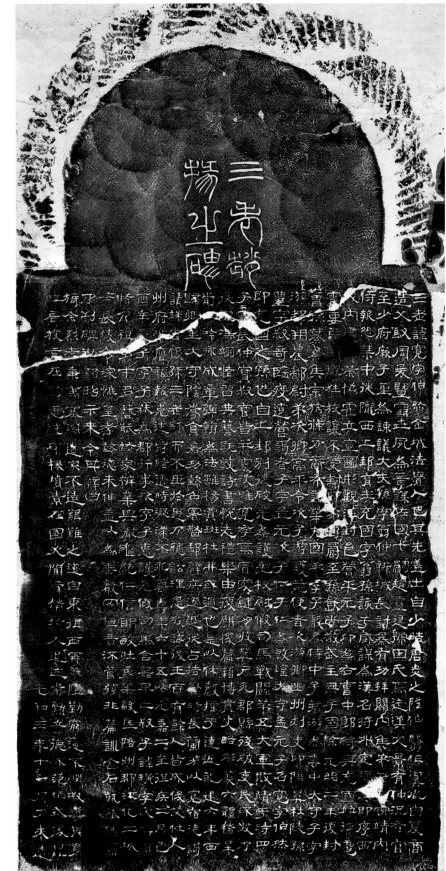

木简（4枚）

汉

长 2.4～8.1 厘米，宽 0.7～1.9 厘米，厚 0.1 厘米

西宁市大通县上孙家寨汉晋墓出土

青海省博物馆藏

木简为长方形，褐色，墨书隶体，清晰可辨，书法流畅俊秀，每面字数在 30～40 左右。经鉴定木质为云杉树。简文主要内容有布阵及列队、战守进退之法、部典（军队编制）、操典（操练法规）、军队爵级、赏赐制度及循行严劲、车骑等规定。这批木简，为研究西汉时期军事制度等方面提供了宝贵的实物资料，同时也补充了历史文献之不足。

"汉匈奴归义亲汉长"铜印

汉

高 2.9 厘米，边长 2.3 厘米

西宁市大通县上孙家寨汉晋墓出土

中国国家博物馆藏

方印，驼纽，阳文篆书"汉匈奴归义亲汉长"八字。印纽的骆驼屈肢跪卧、昂首向前。此印为东汉中央政府颁给当时河湟地区匈奴部族首领的官符印信。

汉武帝收复河西后，设置张掖属国，主要安置归降的匈奴人。新莽后期，张掖属国的匈奴别部卢水胡翻越祁连山进入湟水流域，这支卢水胡虽离开张掖属国辖区，但仍称"属国卢水胡"。建武十一年（35 年），陇西太守马援为了妥善安置归降的羌人以及匈奴、月氏等少数民族，凡来降者马援皆奏请朝廷封其酋豪以侯、王、君等爵位，赐印绶，委任这些有威望的首领管理本族、本部落事务，此官印便是这一史实的物证。

狼噬牛金牌饰

汉
长 15 厘米，宽 9.5 厘米
海北藏族自治州祁连县出土
青海省博物馆藏

画面透雕出山峦、森林、狼、牛等自然形态：森林中一只狼正咬噬住一头牛的后腿，而牛作痛苦挣扎状，画面线条流动，生动形象，整个场景充满了自然界弱肉强食的紧张氛围。金牌背部略平展，有两个矩形横扣，应为系挂之用。金牌饰在我国北方多以动物为题材，是匈奴文化显示身份等级的标志性佩物。

汉八刀石蝉

汉
长 4.9 厘米，宽 2.6 厘米，厚 0.33 厘米
西宁市南滩汉墓出土
西宁市文物管理所藏

石质色白，前宽后圆，尾部略收，中脊起棱，背部素面，石质粗糙。八刀蝉的形态通常用简洁的直线，抽象地表现其形态特征，每条线平直有力，像用刀切出来的，俗称"汉八刀"。

玉塞（2件）

汉
长 2～2.2 厘米，径 0.6～0.9 厘米
西宁市南滩汉墓出土
青海省文物考古研究所藏

汉代葬玉，应为鼻塞，呈圆柱形。

错金龙纹长刀

汉
长 68 厘米，宽 2.4 厘米
西宁市大通县上孙家寨汉晋墓出土
青海省文物考古研究所藏

刀柄与刀身分制，用铆钉拼合，扁环首，柄
部略窄，长直刃，斜尖。刀身上有用错金工
艺加工而成的龙纹。匈奴文化因素明显。

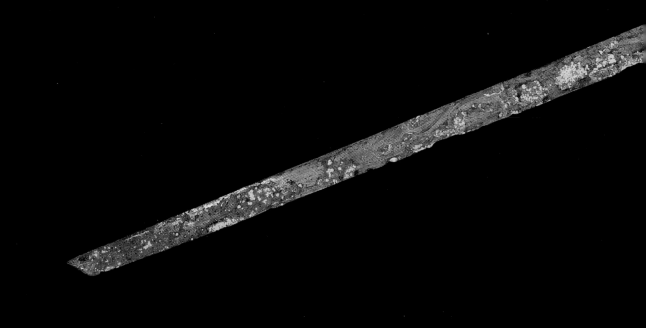

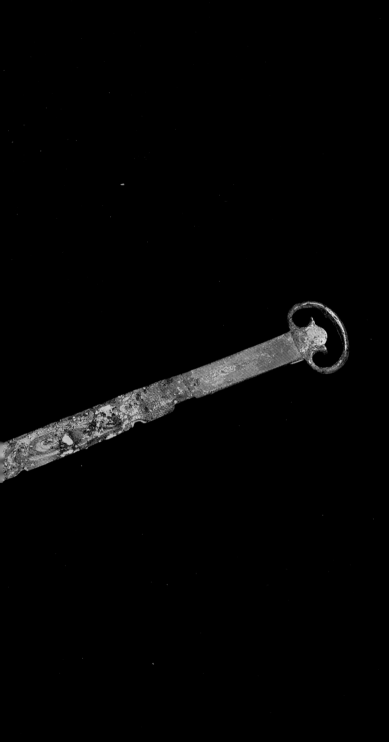
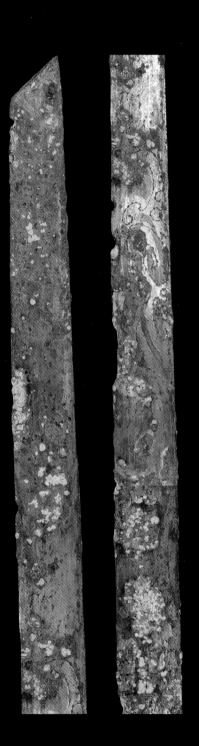

◇ 陶家寨汉墓群

陶家寨汉墓群以及西宁地区其他汉墓群的考古发掘，证明了自汉武帝以来中央政府对河湟地区开始了有效的统治；印证了史书上所记载的青藏高原东部羌汉杂居的事实；反映了自王莽末年之后，羌人大量入居塞内，从游牧经济开始转向农耕经济，屯田政策的施行作用是积极的。东汉时，为防止内地的羌人与青海境内的羌人联合起来，在今青海西宁、乐都一带驻军屯垦，抑制了烧当羌诸部的寇掠活动，使河湟地区人口大量增加。

◇ 河西地区的连枝灯

河西地区的连枝灯具有鲜明的地域特色，是"神树"崇拜的产物，与昆仑山神话体系中的"支天之柱"有关。这种建立在天人合一、君权神授的思想基础上的对宇宙和世界的认知，主要反映出上层社会中灵魂永存的观念，对民间的丧葬文化也产生了深刻的影响。

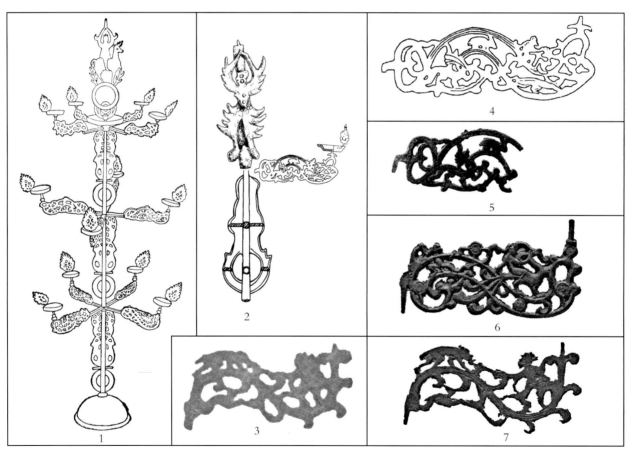

河西地区的连枝灯

1. 武威擂台汉墓 M112 连枝灯示意图 2. 西宁陶家寨墓地 M9 连枝灯组合关系示意图 3. 武威南滩魏晋墓 M1 灯枝 4. 高台地埂坡晋墓 M2:20 灯枝示意图 5. 西宁陶家寨墓地 M9:25 灯枝 6、7. 武威擂台汉墓 M112 连枝灯灯枝

（肖永明：《西宁陶家寨墓地出土的连枝灯考》，《青海文物》2018 年总第 14 期）

铜羽人连枝灯顶部构件

东汉末至魏晋
高 19.4 厘米，宽 6.8 厘米
西宁市陶家寨汉晋墓出土
青海省文物考古研究所藏

羽人连枝灯顶部构件作飞升状，扁体、束
腰。头戴高山冠，右侧目，面部锈蚀不清。
两臂上举，双手叠交于头顶，臂膀外侧各
有四羽。下肢微侧屈，两侧各有四羽，两
足跟接一圆形錾。上身与下身分段制作，
铆接而成。

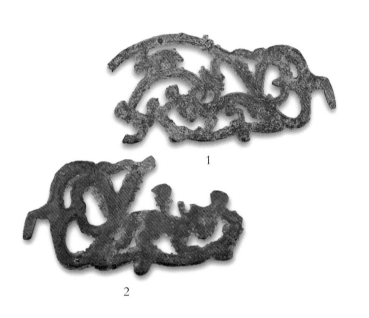

1

2

铜牌饰

东汉末至魏晋
长 12 厘米，宽 8 厘米
西宁市陶家寨汉晋墓出土
青海省文物考古研究所藏

连枝灯的灯枝残件，为透雕缠枝或卷云纹
灯枝，灯枝上有动物祥瑞图案，生动写意。

铜牌饰（2 件）

东汉末至魏晋
1：长 15 厘米，宽 7 厘米
2：长 11.6 厘米，宽 5.8 厘米
西宁市陶家寨汉晋墓出土
青海省文物考古研究所藏

连枝灯的灯枝残件，为透雕缠枝或卷云纹灯
枝，灯枝上有玉兔等祥瑞图案，生动写意。

熏炉盖

汉
高 17.2 厘米，底径 13.1 厘米
西宁市大通县上孙家寨汉晋墓出土
青海省博物馆藏

熏炉盖面高隆作半球状，上有镂空十字双
圈纹和柿蒂纹。盖中央一只鸾凤单足立于
顶部，另一腿前曲，两翅奋起，尾翼平伸，
曲颈灵动，羽翎飞扬，表现的是似要腾空
跃起，展翅而飞的一刹那。盖缘一侧有活
纽可与炉身启合。此件器物分铸合接而
成，制作精美，尤其鸾凤栩栩如生，造型
生动。

七星铜带钩

汉
长 12.7 厘米
西宁市湟中县多巴训练基地出土
青海省湟中县博物馆藏

钩身与钩首由六节柱状体和七个球星体，
组合排列成北斗七星状，钩首斜折，钩身
中部有圆形柱纽，纽为扁圆形。

"西海安定" 瓦当

汉
直径15.5厘米
海北藏族自治州海晏县西海郡故城出土
青海省博物馆藏

细泥灰陶质，正面有"西海安定元兴元年作当"隶书字样，是研究汉代青海建制沿革的重要实物证据，明确了西汉平帝元始四年（4年）宰相王莽"四海一统"的愿望。

蝙蝠连弧铭文铜镜

汉
直径12.8厘米，厚0.25厘米
西宁市陶家寨汉晋墓出土
西宁市文物管理所藏

圆纽，纽座外四只蝙蝠环绕，蝙蝠之间自左向右铭文"长宜子孙"。

"长乐未央" 瓦当

汉
直径20厘米，厚8厘米
海北藏族自治州海晏县西海郡故城内出土
青海省博物馆藏

"长乐未央"瓦当出土多种，一般皆圆形，中为乳钉纹，以单线或双线十字分割，上书"长乐未央"四字，或写成"未央长乐"。字体都处于篆隶之间，具有鲜明的时代特征，表达出对美好生活的无限祝愿。

羌 中 道
The Qiangzhong Road

羌中道是以青海湖为中心，湖以东连接湟中道和河南道；湖以西沿青海湖南北两岸西行，横贯柴达木盆地进入南疆；青海湖以北，或自西平亭以北，经大斗拔谷至张掖，即张骞被俘去单于庭的道路，称小月氏道或张掖道。羌中道在河西走廊开通以前已存在，《穆天子传》中周穆王西行与张骞首次出使西域均有关于该道的记载。河西四郡设立后，河西走廊成为丝绸之路主道，羌中道便成为一条辅道。

羌人作为中国古代生活在西部的古老民族，开拓了东往甘肃，北通河西走廊，西去新疆，南到岷江、白龙江流域的交通道路。在汉代，这些道路中向东经湟水流域进入内地的道路称"湟中道"；西逾日月山沿青海湖南北两岸西行，穿越柴达木盆地进入南疆的道路，史称"羌中道"；它们都发展为青海及西北地区古代交通的干线。

◇ 汉代羌中道

支冬加拉古城发现汉代石磨盘

银壶

东汉
高 16.2 厘米，口径 7 厘米
西宁市大通县上孙家寨汉晋墓出土
中国国家博物馆藏

口、腹、底部饰三组错金纹饰，腹部饰六朵不同形状的花朵。此为希腊化帕提亚装饰风格的银壶，器物的制作工艺和装饰风格沿东西方的商贸路线向东传播而来，其器型应是为了适合其间某个民族或使用者的习惯而作了相应的改制，器物的主人可能是匈奴别部卢水胡。

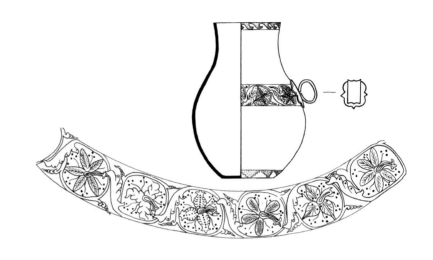

铜马

东汉末年
高 33 厘米，长 21 厘米，宽 7.5 厘米
西宁市陶家寨汉晋墓出土
青海省文物考古研究所藏

此铜马翘头粗颈，宽背圆臀，四肢强劲且
比例匀称，呈现出矫健的形态；其面部方
额突目，鼻直口阔，马耳尖小竖直，状如
削竹，神态机警敏捷。马匹整体造型恰与
《相马经》中所描述千里马特有的"龙颅
突目，平脊大腹，肶（大腿）重有肉"的
体貌特征相吻合。

木牛车

汉
牛：高 8.2 厘米，长 28.1 厘米，宽 7.7 厘米
车：高 17.3 厘米，长 33.2 厘米，宽 19.5 厘米
西宁市南滩汉墓出土
青海省博物馆藏

车双辕，两轮，车厢用四块木板拼成，衔
接处由木钉固定，前轼、后栏上部呈半圆
状。车轴用楔形榫卯与车厢连接。牛车雕
制手法古拙，再现了青海地区古代交通运
输工具，是难得的实物形象资料。

五铢铜钱（2枚）

汉
直径 2.6 厘米，厚 0.11 厘米
西宁市南滩凤凰山路出土
西宁市文物管理所藏

小篆书"五铢"，光背，正面有轮无外廓，背面则轮廓俱备。
"五"字交笔斜直或有弯曲，"铢"字的"朱"头呈方折型，
"金"字头较小，孔大，肉薄。

大布黄千铜钱（2枚）

汉
长 5.7 厘米，宽 2.2 厘米，厚 0.33 厘米
西宁市南滩凤凰山路出土
西宁市文物管理所藏

平首平肩平足，腰身略收，首部穿一孔用以系绳，
正背两端皆铸为不通穿，钱文纤细以悬针篆为
主，笔画流畅。

陶钱范

汉
高 8.3 厘米，长 12.9 厘米，宽 9 厘米
海北藏族自治州海晏县西海郡故城出土
青海省博物馆藏

夹砂粗陶，橙黄色。钱范为圆角长方形，范面对称分布
两行八枚阴文篆书"大泉五十"钱样。此钱范为叠铸钱
范，由五合（十片范件）叠成椭圆柱体，外包以草拌泥，
椭圆柱体中心有共用的浇口，浇口和钱样之间有引流槽，
引流槽平面呈对顶"大"字形。这种叠铸钱范一次可以
铸币四十枚。西海郡故城出土的钱范，证明汉代青海地
区在中央授权下可以直接铸造货币，对研究当时的政治
经济制度具有重要意义。

玛瑙剑璏

汉
通高 2.5 厘米，通长 6.8 厘米，通宽 3 厘米
西宁市山陕台出土
青海省文物考古研究所藏

器物表面利用自然的红色纹理巧雕成凸起的丘状，做工考究，色彩艳丽。剑璏是固定在剑鞘上可以使剑鞘与衣带稳固连接，防止剑从衣带下滑落。

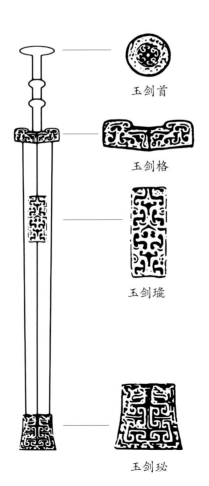

玉剑首

玉剑格

玉剑璏

玉剑珌

汉代宝剑部位示意图

玛瑙珠（6件）

汉
长 2.5～4.8 厘米
西宁市湟中县多巴训练基地出土
青海省湟中县博物馆藏

耳珰（2件）

汉
长 1.4～1.7 厘米，粗端径 1.2～1.5 厘米
海东市民和县胡李家汉墓出土
青海省文物考古研究所藏

蓝色琉璃耳珰（2件）

汉
长 1.5～1.8 厘米，粗端径 1.2～1.5 厘米
海东市民和县胡李家汉墓出土
青海省文物考古研究所藏

蓝色琉璃耳珰

汉
长 1.9 厘米
海东市民和县胡李家汉墓出土
青海省文物考古研究所藏

煤精耳珰（2件）

汉
长 1.5～1.8 厘米，粗端径 1.2～1.5 厘米
海东市民和县胡李家汉墓出土
青海省文物考古研究所藏

第三部分

吐谷浑国

Tuyuhun Kingdom

　　吐谷浑，原为人名，为辽东鲜卑慕容氏单于慕容涉归之庶长子。因与兄失和，吐谷浑遂率部西迁至青海东部等地，侵逼氏羌，成为强部。吐谷浑孙叶延继位后，以祖父吐谷浑为其族名、国号。中国历史此时处于政权分裂割据状态，先后统治过青海或在青海展开角逐的政权有前凉、前秦、后凉、南凉、西秦、北凉等。隋炀帝亲征吐谷浑后，吐谷浑政权渐趋衰落。唐初，吐谷浑桀骜不臣并多次袭扰唐西北边地，唐太宗派名将李靖等收服吐谷浑。吐蕃政权崛起后，也逐渐向东北扩张，并于663年灭吐谷浑。吐谷浑末代王诺曷钵率领残部逃奔唐凉州。

　　此时，"吐谷浑道"（"河南道"）因河西道堵塞而兴盛，成为沟通中亚、西亚与中原地区的必经之路。自4世纪以后至7世纪下半叶，吐谷浑人成为青海历史的主角。

鲜 卑 分 蘖

The Origin of Tuyuhun People

西晋时期，吐谷浑从辽东慕容鲜卑部落中分出，统治了今青海、甘南和四川西北地区的羌、氐部落，建立国家。南朝称之为河南国，东晋十六国时期控制了青海、甘肃等地，与南北朝各国都力图保持友好关系，隋朝与之联姻，被唐朝征服后，加封青海王。唐朝后期，吐谷浑逃至河东，唐称之为退浑、吐浑。五代时依附契丹。

吐谷浑最盛时有王、公等封号，又设仆射、尚书、将军、郎中等官职。王公服式略同于汉族，使用汉文，信仰佛教。吐谷浑男子服饰，著小袖，小口袴，大头长裙帽。吐谷浑妇女服饰与汉族妇女相似，辫发，以金花为饰，具有鲜卑遗风。

◇ 吐谷浑都城——伏俟城

伏俟城遗址位于青海省海南藏族自治州共和县石乃亥乡铁卜加村西南，俗名铁卜加古城，是古代连接东西交通的重镇，为最有名的古城遗址之一。伏俟城中有小城、宫殿，布局受汉地影响较多。"伏俟"为鲜卑语，汉意"王者之城"。古城所在位置与史籍中"夸吕立，始自号为可汗，居伏俟城，在青海西十五里"的记载相吻合。

吐谷浑都城—伏俟城

吐谷浑汗国大事记

时间	事件
东晋咸和四年（329年）	叶延继承汗位，以第一代可汗的名字做姓氏和国号，改姓吐谷浑，正式建立了吐谷浑国
隋大业五年（609年）	隋军大败吐谷浑，将今青海大部分地区划归隋朝版图。隋朝末年，吐谷浑可汗伏允尽复失地，吐谷浑国复兴，但强盛时期已成为历史
唐贞观八年（634年）	唐太宗发布《讨吐谷浑诏》，历数吐谷浑历年罪行，发10万唐军兵分三路直指青海，以不到半年的时间取得了全面胜利
唐贞观九年（635年）	唐太宗下诏让吐谷浑复国，封慕容顺为西平郡王。慕容顺不为国人拥戴，在内乱中丧命，其子燕王诺曷钵继位。吐谷浑正式成为唐朝的属国
唐贞观十年（636年）	诺曷钵向唐朝请求和亲，太宗以宗室女弘化公主相许
唐贞观十四年（640年）	唐太宗派遣左骁卫将军淮阳王李道民送亲，并陪送大量珍贵妆奁。诺曷钵与弘化公主完婚。从此，吐谷浑与唐王朝的关系日益亲密
唐龙朔三年（663年）	吐蕃禄东赞大举进攻，在吐谷浑亲吐蕃大臣的帮助下，顺利攻入吐谷浑。吐谷浑国就此灭亡

吐谷浑王系表

称号	名字	在位时间	备注
河南王	慕容吐谷浑	？～317 年	
河南王	吐延	317～329 年	慕容吐谷浑长子
吐谷浑王	叶延	329～351 年	吐延之子
吐谷浑王	碎溪	351～376 年	又名辟溪，叶延长子
白兰王	视连	376～390 年	碎溪之子
吐谷浑王	视罴	390～400 年	视连长子
大单于	乌纥提	400～405 年	视连次子
戊寅可汗	树洛干	405～417 年	视罴之子
威王	阿豺	417～426 年	树洛干弟
惠王	慕璝	426～436 年	阿豺弟
西平王	慕利延	436～452 年	慕璝弟，《宋书》作慕延
河南王	拾寅	452～481 年	树洛干之子
河南王	度易侯	481～490 年	拾寅之子
吐谷浑王	伏连筹	490～529 年	度易侯之子
	呵罗真	529～530 年	伏连筹之子
	佛辅	530～534 年	呵罗真之子
河南王	可沓振	534～535 年	佛辅之子
可汗	夸吕	535～591 年	伏连筹之子
可汗	世伏	591～597 年	夸吕之子
步萨钵可汗	慕容伏允	597～635 年	世伏弟，恢复慕容本姓
趂胡吕乌甘豆可汗	慕容顺	635 年	伏允之子
乌地也拔勒豆可汗	慕容诺曷钵	635～688 年	慕容顺之子

◇ 吐谷浑玑墓志

吐谷浑玑，南北朝时吐谷浑王族，字龙宝，河南洛阳人。洛州刺史吐谷浑丰之子，吐谷浑王阿豺的曾孙。其先祖头颓约于北魏太平真君五年（444 年）逃至北魏，后世居其地。玑"处武怀文，博畅群籍，善文艺，爱琴书"，俨如汉族士大夫。北魏景明元年（500 年），袭父爵，内侍宫廷，授直寝奉车都尉、汶山侯。

吐谷浑玑墓志

武昌王妃吐谷浑氏墓志

◇ 大周故西平（弘化）公主墓志

弘化公主于唐武德五年（622年）出生在唐朝宗室之家。640年，奉唐太宗之命，与诺曷钵完婚，成为大唐嫁与少数民族政权的第一位公主。663年5月，吐蕃禄东赞出动精锐之师，乘虚进攻，大破吐谷浑，至此吐谷浑亡国。41岁的弘化公主和诺曷钵率残部几千帐长途逃亡至凉州南山。670年，为了牵制日益向西域扩张的吐蕃，也为帮助吐谷浑部回归故地，唐朝派薛仁贵率军出击河源地区，但大非川一役，唐军大败。最终吐谷浑依靠唐朝力量恢复其势力的希望破灭。672年，唐高宗在灵州境内（今宁夏灵武县南）设安乐州（今同心县东北韦州），以诺曷钵任刺史，由其自治管理。弘化公主全力协助诺曷钵励精图治。688年，诺曷钵因病去世，其子慕容忠继位，被唐王朝加封为青海王。66岁的弘化公主继续辅佐慕容忠治理安乐州。690年，武则天称帝，改国号为周，改封弘化公主为大周西平大长公主，并特赐武姓。698年5月3日，76岁的弘化公主"寝疾于灵州东衙之私第"。弘化公主在吐谷浑生活了半个多世纪，她作为民族团结、和平相处的纽带和桥梁，为祖国统一、民族团结做出了杰出的贡献。

大周故西平（弘化）公主墓志

◇ 大周故青海王墓志

　　慕容忠为吐谷浑末代王诺曷钵和弘化公主
的长子，18岁授左威卫将军，娶大唐金城县主，
后加镇军大将军行左豹卫大将军，袭青海国王
乌地也拔勤豆可汗。其坐镇金方（西方），勇
敢果决，忠诚备至，为朝廷解除了后顾之忧。
从墓志和其母弘化公主墓志中可知，慕容忠与
其母弘化公主为同年同月同日死，又为同年同
月同日葬。弘化公主"寝疾薨于灵州东衙之私
第"，"葬于凉州南阳晖谷冶城之山岗"；慕
容忠"薨于灵州城南浑牙之私第"，"归葬于
凉州城南之山岗"。两地相隔约3公里。这些"巧
合"，至今仍是个谜，有待进一步探讨和研究。

大周故青海王墓志
（武威市博物馆藏）

双马形铜牌饰

魏晋十六国时期
高 5 厘米，宽 7.5 厘米，厚 0.3 厘米
海东市互助县丹麻泽林土洞墓出土
青海省文物考古研究所藏

青铜质，整体造型为大马跪卧，小马立于大马之上，双马颈部、尾部、腿部镂空，大马腹下有一副马镫，马身饰有连珠纹、太阳纹和几何纹。有学者认为其是鲜卑遗存的代表性器物。牌饰中马的刻画近似剪影，既是出于整体设计，又是模铸技术的限制。马头部圆形冠状物是鲜卑特定的鬃髻式样。马镫形象的出现，表示出土该牌饰的墓葬与 4 世纪中叶后的拓跋鲜卑及后来的后凉政权有关。内蒙古开鲁县福兴地墓葬也有类似牌饰出土。

乳钉纹方砖

南北朝
边长 32 厘米，厚 5 厘米
海西蒙古族藏族自治州天峻县加木格尔滩古城出土
青海省文物考古研究所藏

近正方形，边缘残，"X"形条纹将砖分为四块，四个区域内饰乳钉纹。

夹砂长腹壶

魏晋十六国时期
高 32 厘米，口径 14 厘米，腹径 21 厘米，底径 13 厘米
海南藏族自治州共和县合洛寺出土
青海省文物考古研究所藏

夹砂褐陶，侈口方唇，长束颈，口沿与颈分界明显，
长弧腹，平底。颈部饰蜷曲的戳点式泥条堆纹，
两端不闭合，向下蜷折成"八"字形。器表有烟
炙痕迹。

金花饰件（2 件）

东汉末至魏晋
径 4.3 厘米
西宁市陶家寨汉晋墓出土
青海省文物考古研究所藏

这些金花饰件代表了经丝绸之路传来的西方文
化因素。金花饰与鲜卑的"步摇"有相同点，
很可能是连缀在其他物件上的饰件；其边缘的
粟粒纹多见于慕容鲜卑金饰，也是该时代最贵
重的装饰纹样之一，故此类饰件应为慕容鲜卑
遗存，因吐谷浑部西迁而在青海地区发现。

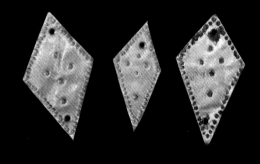

金叶（3 件）

东汉末至魏晋
长 2.1～2.8 厘米，宽 1～1.5 厘米
西宁市陶家寨汉晋墓出土
青海省文物考古研究所藏

菱形，两对角有穿孔，边沿及中间饰粟粒纹。

金叶饰（3 件）

东汉末至魏晋
长 2.2～3 厘米
西宁市陶家寨汉晋墓出土
青海省文物考古研究所藏

柳叶形，一端穿孔，孔上面两侧各有一小
乳钉，较轻薄。

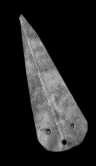
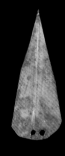
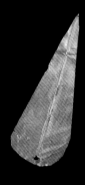

金饰件（2件）

魏晋
长 2.3 ~ 2.5 厘米，宽 0.5 ~ 0.8 厘米
海东市乐都区马家台出土
青海省文物考古研究所藏

呈不规则 "8" 字形，推测为装饰品。

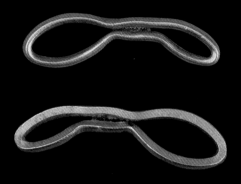

金饰品

东汉末至魏晋
长 7 厘米，宽 4 厘米
西宁市陶家寨汉晋墓出土
青海省文物考古研究所藏

月牙形，穿四孔，边沿及中部饰粟粒纹。

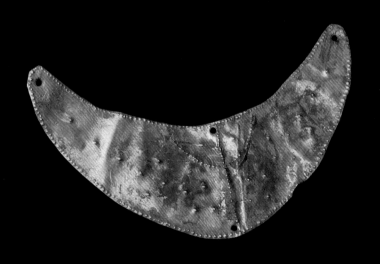

河 谷 割 据

Splitting Situation of Qinghai

　　魏晋以后，中国历史进入十六国民族大融合时期，同时也是分裂割据的时期。在北方，匈奴、鲜卑、羯、氐、羌等少数民族和汉族先后建立了 20 多个政权，而先后统治青海局部或者在青海展开角逐的政权有前凉、前秦、后凉、后秦、南凉、西秦、北凉以及吐谷浑。吐谷浑在各政权之间纵横捭阖，疆域一度"东至叠川，西临于阗，北接高昌、东北通秦岭，方千余里"。

铜印

魏晋
高 2.5 厘米，边长 2.7 厘米
海东市乐都区马家台出土
青海省文物考古研究所藏

铜印，形制为正方形，桥形纽，篆刻印文
"诏假司马"。

军司马印

东汉末至魏晋
高 2.6 厘米，长 2.8 厘米，宽 2.6 厘米
西宁市陶家寨汉晋墓出土
青海省文物考古研究所藏

近似正方形，桥形纽。印文为"军司马印"。

凌江将军印

十六国时期
高 3 厘米，长 2.3 厘米，宽 2.4 厘米
西宁市南滩砖瓦厂十六国时期墓葬出土
青海省博物馆藏

方印、龟纽、半球形印盒。印面篆书"凌
江将军章"五字。印文竖排三行，章字单
列。龟纽作翘首站立状，龟背精刻纹饰并
曲附一蛇。蛇首从龟颈部斜伏，龟的憨态、
蛇的灵动表现充分。印盒用犀角材质制成，
三组图文，分别阴刻龙、虎及"四神"图形，
并镶嵌宝石。该印制作考究，时代特征明
显，特别是印盒选材精致，精工细雕，不
仅反映了印章持有者具有较高的身份地位，
也对研究魏晋时期青海建制设置提供了重
要资料。

《魏书·官氏志》、《宋书志·第二九·百
官上》均记有"凌江将军"之职设立。可
见这一官职自魏一直沿用至南朝时期的宋

金扣蚌壳羽觞

十六国时期
高 3.5 厘米，长 13.7 厘米，宽 10.4 厘米
西宁市南滩砖瓦厂十六国时期墓葬出土
青海省博物馆藏

羽觞也就是耳杯、椭圆形器具，浅腹，平
底，两侧有半月形耳，如鸟的双翼，故名
"羽觞"。南朝梁元帝萧绎在《采莲赋》
中吟道："鹢首徐回，兼传羽杯。"盛行
于战国到魏晋时期，为日常生活用具，多
以木胎作器，也有铜质耳杯，蚌壳镶金口
的耳杯极为罕见。

乳钉纹神兽铜镜

西晋
直径 10.5 厘米，厚 0.3 厘米
西宁市陶家寨汉晋墓出土
青海省文物考古研究所藏

圆纽，串珠纹纽座。沿微斜，镜面微弧。
镜背纹饰分内外两区，内区高浮雕，饰
六枚圈状乳钉，乳钉顺时针方向有彗尾
纹，主体纹样为四神二侍和四神兽，绕
纽环列。外区为九个半圆块和方格枚相
间成一周，半圆内各饰一字。 缘饰以鸟
兽纹和漩涡纹。铭文：王泰始九年三囗
三日。

木舞俑

南北朝
高 23.9 厘米，宽 8.8 厘米，厚 5.4 厘米
青海省博物馆藏

以木色作为底色，用色彩绘五官和衣服领
缘以及衣服花纹。雕刻手法虽粗略简朴，
但形神兼备，尤其是"袖"和"腰"体现
出了舞者"绕身若环""柔若无骨"的动
感和神韵，为研究此时的舞蹈艺术提供了
珍贵的实物资料。

铜俑

魏晋
高 11 厘米，长 6 厘米，宽 3.7 厘米
海东市乐都区马家台出土
青海省文物考古研究所藏

玄武砚滴

魏晋
高 5.5 厘米，长 16.5 厘米，宽 6.5 厘米
海东市互助县高寨汉墓出土
青海省博物馆藏

铜铸砚滴，龟蛇合体，四肢作站立状。龟首
前伸，四肢作站立状，双目圆睁，口衔一浅
腹小碗，平底。龟甲铸痕清晰，形象逼真，
长蛇曲卧龟背，蛇头曲伏在龟颈右侧，花纹
呈点状分布于蛇身。龟腹中空，龟背中央有
一管状孔直通龟腹，一用作注水口，二可能
作为笔插。

青瓷莲花尊

南北朝
高 34.6 厘米，口径 7.5 厘米，腹径 26 厘米，底径 14.5 厘米
海西蒙古族藏族自治州都兰县热水墓群出土
都兰县博物馆藏

青瓷莲花尊是南北朝时期名贵的青瓷品种，以器型硕大、
纹饰精美、制作工艺复杂著称于世。这件器物器口经过
改造，器口部分虽残缺，层层莲花却折射出耀眼的熠熠
清辉，展现文化交流中的一抹光华。

力士人物模印砖

魏晋南北朝
长 20 厘米，宽 16 厘米，厚 6 厘米
海东市平安区窑房村出土
青海省文物考古研究所藏

力士形象粗眉大眼，高颧长耳，颏下有须。
其上身裸露，胸肌暴突。下身穿短裤，两
腿下蹲，双臂弯曲伸至耳际作托举状。

甲骑武士模印砖

魏晋南北朝
长 20 厘米，宽 17 厘米，厚 6 厘米
海东市平安区窑房村出土
青海省文物考古研究所藏

甲骑武士模印砖

魏晋南北朝
长 20 厘米，宽 16 厘米，厚 6 厘米
海东市平安区窑房村出土
青海省文物考古研究所藏

武士手中执矛，面向墓室，所骑的马也头朝
墓门，一方面象征着墓葬的主人生前是征战
的武将，另一方面象征这些武士正恪尽职责
地保护着墓主人亡灵的安全。战马的马具有
辔头，包括络头、衔、缰绳等。鞍具有鞍鞯
和障泥，胸带和鞦带。未见马镫。雕刻技法
均显粗犷而古朴。

菩萨模印砖

魏晋南北朝
长 20 厘米，宽 17 厘米，厚 6 厘米
海东市平安区窑房村出土
青海省文物考古研究所藏

此砖列置于墓壁的最上层，所饰人物头戴
花冠，大耳。上身穿窄袖长袍，交领，斜衽。
脚呈八字形分开，肩部和背部披有飘带，
右手持净水瓶，左臂托举一轮弯月，左肩
上侧为内有金乌的圆日。此人物形象应为
菩萨。

"比丘守戒施食恶鬼" 模印砖

魏晋南北朝
长 20 厘米, 宽 17 厘米, 厚 6 厘米
海东市平安区窑房村出土
青海省文物考古研究所藏

该模印砖中, 有一庑殿顶的房屋。屋檐两头用木柱支撑, 木柱与屋檐之间接以栌斗, 从图像上观察, 栌斗系穿斗式结构, 木构架的结构技术已成熟。房屋内有两个人物, 均头戴僧帽, 身披复肩袈裟: 左边一人, 右臂下垂于股, 左臂袒露; 右边一人, 左臂垂直于膝, 右臂袒露; 两人相对禅坐于巨案上: 左边人物的左臂同右边人物的右臂, 连臂放置于二者之间的一件钵上; 两人头部供奉一瓶, 瓶中插有兰草, 应为花供; 案下有一人双手捧一侈口细颈圆腹罐, 做跪伏侍奉状, 应为水供; 模印砖下方所绘应为 "甘露施食恶鬼" 故事图。

"空马房舍"模印砖

南北朝
宽约 17 厘米，厚约 5 厘米
西宁市湟中县徐家寨出土
青海省湟中县博物馆藏

背景带鸱吻和斗拱庑殿顶建筑造型图案，拱庑前站立一无缰绳鞍鞯、载物的空马。在东汉以来的画像砖及画像石墓中常见以马为主题的出行图，目的是表现墓主人生前的身份地位。

神鸟模印砖

魏晋南北朝
长 20 厘米，宽 16 厘米，厚 6 厘米
海东市平安区窑房村出土
青海省文物考古研究所藏

此砖置于墓壁从下往上数的第三层与第四层。图像为一对相向而立的鸟。应是传说中的凤凰，起到保佑死者亡灵的作用。

吐 谷 浑 道

Tuyuhun Road

自魏晋南北朝以来，河西地区因武装割据，战事纷起，丝路阻断，东西方之间的交往不得不改行祁连山，南由吐谷浑统辖的"青海道"（羌中道）。南北朝时期，青海北半部除湟水流域及其附近地区外，其余地方均由吐谷浑控制，因此也称之为"吐谷浑道"。吐谷浑在青海立国350年间，国力强盛，成为地跨东西数千里，包括青海以及甘肃、新疆部分地区在内的草原强国，始终与中原王朝保持着密切的政治、经济关系，为丝绸之路青海道的兴盛在时间及空间上创造了条件，提供了必要的政治保障。吐谷浑国在原诸羌道的基础上，维护了通往中原地区的道路，保障了经新疆通往西亚的交通，拓展了经四川盆地通往南方地区的路线。史籍中把贯通吐谷浑国的道路亦称之为"河南道"，"使臣往返于途，高僧跋涉其境，商贾贩运于道"；"商译往来""事惟贾道"，吐谷浑国致力于经营这条商贸通道，起到了沟通东西，联络南北的重要作用，极大地促进了东西文化的交流和商贸的兴盛，对这一时期道路的发展、兴盛和中西经济、文化交流与传播产生了深远的影响。

◇ 吐谷浑道

伏俟城内城

根据周伟洲先生《古青海路考》中的研究结论："从青海经柴达木盆地进入西域的'青海路'正式见于记载，大致是在北魏太平真君六年（446年）前后。"吐谷浑道可以称为青海道，代表青海境内南北朝时期其他道路，别称河南道。吐谷浑人促进了丝绸之路青海道的商贸繁荣，凸显了这条道路在丝绸之路中的重要性。

胡人牵驼模印砖

南北朝
宽17厘米，厚5厘米
西宁市湟中县徐家寨出土
青海省湟中县博物馆藏

骆驼作为一种符号，象征着"丝绸之路"的兴盛。丝路之上主要是用骆驼来运送物资，高鼻深目、见多识广的胡人也是中西文化的传播者，因此胡人牵骆驼图像也是最具特色的文物。胡人与骆驼的题材，也反映出丝路贸易、对外开拓的精神成为当时社会普遍的追求。

金耳饰

东汉末至魏晋
长2.2厘米，宽1.2厘米
西宁市陶家寨汉晋墓出土
青海省文物考古研究所藏

平面呈葵花形，中间镶嵌有绿琉璃。

波斯银币

波斯萨珊王朝（224～261年）
直径2.6～2.7厘米
西宁市城隍庙街出土
青海省博物馆藏

银币花纹大体为一种类型，但由不同的印模压印出来。
按照正面王者肖像的不同可分为两种，A式：有15枚，
币正面铸半身王像，面均右向，王冠前有一新月，冠的
后部有一雉堞形饰物，冠的侧面和后部都有雉堞形的饰
物，为波斯宗教中"天"及祆神奥马兹德的象徵，冠顶
和前部各有一新月，冠顶的新月拖住一个圆球，冠后有
两条飘饰，脑后有球形发髻。由脸前至肩部处有钵罗婆
文的铭文KADIPIUCI(主上、卑路斯)。B式：有61枚。
正面是王者的肖像，不同的是王冠的前后面都有一对翼
翅，系波斯宗教中以鹰为太阳的象征，冠顶前有一条和
髻后相对称的带形物由肩部飘下。两种类型的币背部花
纹都是萨珊银币的拜火教祭坛，坛上有火焰，火焰的两
侧是五角星（六角形）和新月，祭坛两侧相对而立的祭人，
且背部多有铭文，左侧为纪年铭文，右侧表示铸币地点。

吐谷浑占据了青海后，打通了南北东西各方的通道，丝
绸之路青海道创通，成为中原与西方进行联系的枢纽，
波斯银币的出土无疑是中西文化交流的产物，《隋书·食
货志》中记载："河西诸君郡，用西域之金银钱，而官
不禁"，说明了该历史阶段外国金银币在河西一带流通
的合法性。波斯萨珊银币的出土，反映了4世纪末到6
世纪初西宁在中西贸易往来的交通线上的重要地位，也
足以印证了丝绸之路青海道文化交流和商业贸易的繁荣
盛况。

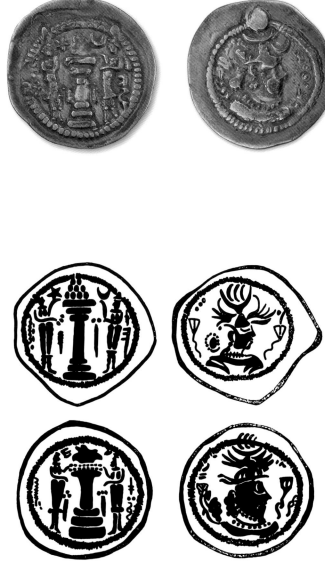

波斯银币
（许新国著：《西陲之地——东西方文明》，
北京燕山出版社2006年版）

黄地连珠小窠人物纹锦

北朝
长 10 厘米，宽 5 厘米
海西蒙古族藏族自治州都兰县热水墓群出土
青海省文物考古研究所藏

该锦由二方连续的团窠图案组成，主题纹样为太阳神。太阳神头戴宝冠，身着窄袖圆领衣，双手禅定，交脚坐于车上。车轮外驷马两两向背而驰，顶部有相对而卧的骆驼。太阳神图像是东西方文化交流的典型文化代表，而此件织锦则是解开文化交流的一把钥匙。

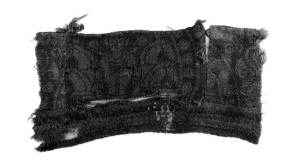

太阳神图案

黄地连珠纹对鸟对兽锦幡残片

北朝
长 35 厘米，宽 23 厘米
海西蒙古族藏族自治州都兰县热水墓群出土
青海省文物考古研究所藏

此件明显属于锦幡的下部。由对波狮龙凤纹锦和小窠连珠对马纹锦缝合，亦有六色绢边饰。这样的图案在敦煌莫高窟隋代彩塑中也有出现，可知同类织物在北朝晚期到唐代初期流行。

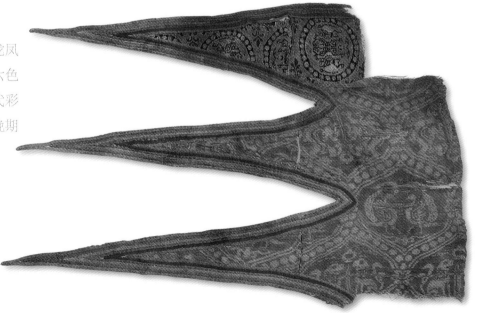

第 四 部 分

吐蕃东进

Tibetan and Tang Empires

  6 世纪，西藏山南地区建立起吐蕃政权。新兴的吐蕃政权向青海方向扩张，并最终攻灭了吐谷浑，唐蕃双方随即在青海地区展开了旷日持久的军事与政治角逐。"安史之乱"爆发后，吐蕃趁唐军东调平叛之机，占领青海大部。9 世纪中叶以后，吐蕃内乱不断，沙州汉人张议潮一度趁机控制了青海东部。唐末，吐蕃全境爆发大规模平民奴隶暴动，青海吐蕃势力也分崩离析，不复统一。唐蕃时期兴起一条连接中原与西藏、尼泊尔、印度的道路，即唐蕃古道，青海成为这条中原与南亚间商贸之道、民族友好之道的必经之路。

唐 蕃 和 战

Peace and War between Tang and
Tibetan Empires

吐蕃兴起后，松赞干布派使者向唐太宗请婚，贞观十五年（641年），文成公主入藏，唐蕃双方以舅甥相称，在政治、经济和文化上展开了频繁交流和沟通。唐高宗继位后，吐蕃吞并吐谷浑的势头不减，唐朝内部举棋不定，致使吐谷浑最终为吐蕃吞并。吐蕃控制青海游牧区后，又攻陷唐西域羁縻十八州，安西四镇并废。大受震动的唐朝决定反击，并助吐谷浑复国，结果唐军在大非川惨败。唐神龙三年（707年），唐中宗嫁金城公主于吐蕃赞普，再次化干戈为玉帛，进一步加强了唐与吐蕃的交流。之后，双方时和时战，唐玄宗开元和天宝早期，唐军对吐蕃屡有胜绩。"安史之乱"爆发后，唐军被东调平叛，吐蕃大举扩张，控制西域一带达百余年。

唐蕃会盟表

时间	事件
唐中宗神龙二年（706 年）	双方相约以黄河为界划分边界
唐玄宗开元二年（714 年）	双方以黄河为界划分辖区
唐玄宗开元二十一年（733 年）	双方约定以赤岭为边界
唐肃宗至德元年（756 年）	双方于长安鸿胪寺歃血为盟
唐代宗永泰元年（765 年）	双方于长安兴唐寺和盟
唐代宗大历二年（767 年）	双方再次盟誓于长安兴唐寺
唐德宗建中四年（783 年）	双方会盟于清水，相约和好，划定边界
唐德宗贞元三年（787 年）	双方会盟于平凉
唐穆宗长庆元年（821 年）	长庆会盟

670 年，唐与吐蕃在大非川（今青海省海南藏族自治州兴海县境）进行了一次大规模战役。吐蕃军避实就虚，最终夺取胜利；而唐军远道出征，供给不畅，尤其军中将领不和，终陷败局，导致吐谷浑预借唐军的力量复国无望。

海南藏族自治州兴海县大河坝大非川遗址

赤岭（日月山）早在汉、魏、晋以至隋、唐等朝代即是中原王朝辖区的前哨和屏障，故有"西海屏风""草原门户"之称。北魏明帝神龟元年（420 年），僧人宋云自洛阳西行求经，便是取道日月山前往天竺。武德三年（620 年），唐与吐谷浑讲和修好，双方以赤岭为界，并达成互市协议，互市地点在今拉脊山口。开元二十一年（733 年），唐与吐蕃互市地点改在赤岭，以一缣易一马。唐肃宗以后开展了"茶马互市"，青海大批的马牛被交换到内地，内地的茶、丝绢等也交换到了牧区。

赤岭（日月山）

文成公主庙全景

　　玉树贝纳沟内的文成公主庙又称大日如来佛堂，始建于唐代，迄今已有1300多年的历史。在庙堂正上方的岩壁下，雕有九尊巨幅佛像。莲花座正中为大日如来，在主佛像的两侧，各有四尊八大菩萨像。大日如来与八大菩萨造像的组合样式最初形成于敦煌，后逐渐传播至甘青及川藏交界地区，成为吐蕃艺术最重要的题材之一。从主体布局、边框装饰、服饰佩戴显示出成熟的吐蕃式样，具有鲜明的时代与民族特征。

　　贝纳沟摩崖造像不仅有明确的雕凿纪年（狗年题记），而且是在吐蕃高僧益西央主持下，汉藏工匠共同参与完成，成为唐蕃交流的历史见证。

文成公主庙内大日如来佛和八大菩萨雕像

松赞干布、文成公主礼佛图（玉树摩崖石刻）

石堡城遗址

　　位于青海省西宁市湟源县日月乡石城山大小方台，地处唐蕃古道日月山口至药水河谷之咽喉地带。吐蕃称"铁仞城"。石城山因"环列如城、状如覆斗"而闻名，石堡城依山势而建，以其自身坚险和处在前沿的位置，成为唐与吐蕃争夺的军事战略要地。

◇ 哥舒翰与石堡城

哥舒翰（？～757年），突骑施（西突厥别部）首领哥舒部落人，唐朝名将。天宝六年（747年），哥舒翰被提拔为大斗军副使，迁左卫郎将，因屡破吐蕃，擢授右武卫员外将军。天宝八年（749年），哥舒翰以数万人的代价攻克石堡城，因功官拜鸿胪员外卿。李白诗句"君不能学哥舒，横行青海夜带刀，西屠石堡取紫袍"，即指此历史事件。

三彩骆驼俑

唐
高54厘米，长36厘米
青海省博物馆藏

俑作站立状，头曲上昂，四肢强劲直立于长方形的白色底板上。整个驼俑造型准确，比例恰当。釉质明亮、干净光润，色调纯真，从器物造型和釉色来判断应是唐三彩中时代较早的作品。

铜瓶（2件）

唐
高 15 厘米，宽 9 厘米
海东市化隆县公安局移交
青海省化隆回族自治县博物馆藏

整器素面无纹。侈口、细颈、鼓腹、圈足。银与铜两
种材质锤揲而成，器身通体布满锤揲痕迹。颈腹部和
圈足有套焊痕迹。这种瓶体代表着青海地区吸纳了中
原、粟特的文化因素形成的地方特点。银、铜复合工
艺也体现出独特的审美意趣。

铜錾指壶

唐
高 13 厘米，宽 13.5 厘米
海东市化隆县公安局移交
青海省化隆回族自治县博物馆藏

银铜复合材质。侈口带流，一侧有錾，鼓腹平底。手工锤揲而成，器身通体布满锤揲痕迹。整器素简古朴。錾上饰以狮纹，流呈"V"字形。虽说此器出自农业区，但也透露出活泼的草原生活气息。

铜盆

唐
高 7 厘米，宽 36 厘米
海东市化隆县公安局移交
青海省化隆回族自治县博物馆藏

整器较为厚重。六瓣花形，三层收分，花牙间有筋纹，中心凸鼓，平底。一侧边缘有铜片铆接，嵌一圆环。器物与粟特式盘有许多相似之处，受异域文化影响明显。

都兰官却和遗址

官却和遗址是青海境内首次发现的吐蕃时期聚落遗址。遗址位于察汗乌苏河北岸，遗址内可分为东、西两区，东部呈南北向弧形分布的灶坑，排列整齐紧密，为集体烹食之所，中西部为居住区，发现有七处房址。墓葬虽形制各异，但营建方式大体相同：均是在方形或圆形的土坑中营建墓室，墓室上棚以圆柏或以柏木树枝为墓顶，而后作封土。多数墓葬的封土下都建有梯形或圆形的石砌边框。在部分规格相对较高的墓葬附近，还见有殉马坑等祭祀遗迹。

经对部分墓葬棚木的树木年轮测年及遗物初步推断，这批遗存属唐吐蕃时期。吐蕃时期遗址的首次发掘，对研究该地区当时古民族生活状况、聚落形态、丧葬习俗等问题提供了新的实物材料，出土的墨书古藏文卜骨与木简等文字材料更是为研究这些墓葬的年代性质提供了重要依据。

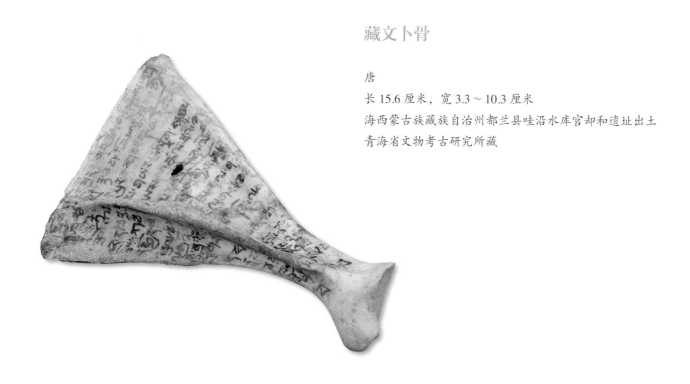

藏文卜骨

唐
长 15.6 厘米，宽 3.3 ~ 10.3 厘米
海西蒙古族藏族自治州都兰县哇沿水库官却和遗址出土
青海省文物考古研究所藏

蜻蜓眼琉璃珠（4 件）

唐
径 1 ~ 2.1 厘米，孔径 0.2 ~ 1 厘米
海西蒙古族藏族自治州都兰县哇沿水库官却和遗址出土
青海省文物考古研究所藏

都 兰 墓 群
The Cemetery in Dulan County

吐蕃统治青海时期，青海文化呈现吐蕃化趋势，包括羌、吐谷浑以及汉族在内的青海各民族大量融入吐蕃民族中。都兰县境内的热水乡血渭草场共有封土墓300余座，该墓群出土的大量文物为研究吐蕃统治下的青海文化提供了丰富资料。

都兰热水血渭一号大墓

血渭一号大墓位于都兰热水乡血渭草原，是已发现吐蕃时期热水墓群中规模最大的一座墓葬。墓葬形制为等腰梯形，墓冢从上而下，每隔1米左右，便有一层排列整齐横穿冢丘的穿木，计有九层之多，一律为粗细一般的柏木，故被称为"九层妖塔"。出土了丝织品、金银器等一批珍贵文物，并发现了羊、马、牛、马鹿等大量动物骨骼。

都兰墓群为封土石室墓，方形和圆形封土与都兰其他地区墓葬一致；从文化属性上说，很多方面都与西藏地区的墓葬一致，如墓葬用砾石、石块砌出石圈用以表示"茔城"的界石；在同一墓地，有大、中、小型墓葬同时并存、大规模的殉牲祭祀现象；大墓前列狮；石室的周围建有平面呈梯形的石围墙等等。

铜鎏金凤鸟

唐
高 6.5 厘米，长 11.5 厘米，宽 9.7 厘米
海西蒙古族藏族自治州都兰县热水墓群出土
都兰县博物馆藏

在藏语中，这种鸟被尊称为"夏甲穹青"，即百鸟王，汉语称之为鹏。鹏是藏族原始宗教中物象标志之一，藏民族对宇宙的最初认识和苯教诸神的出世与鹏鸟有着千丝万缕的联系。在敦煌藏文文献中，记载赞普的丧葬仪式说，"头发削短之首顶，用白色绸缎包裹，再插百鸟王之羽翎。"在整个苯教仪轨中，鹏的生物形象和文化特征是一个主要的组成部分，都兰出土的鹏鸟形象和血渭一号大墓依山山体的展翅大鹏形象，应符合苯教这一历史背景。

吐蕃时期，曾有一种下达政令的"飞鸟使"，白居易诗句曰："金乌飞传赞普闻，建牙传箭集群臣"；《步辇图》中吐蕃大相禄东赞穿的鸟纹服饰推测也应是这种鹏鸟，是其身份的标志。

彩绘木鸟

唐
高 25 厘米，翅宽 30 厘米
海西蒙古族藏族自治州都兰县香加地区出土
都兰县博物馆藏

木制。鸟身上左右有两个平行的楔槽，两侧为鸟翅，鸟翅红色为地，鸟羽用绿、黑两色描绘，饰以卷草纹。鸟腿立于方形木台之上，木台彩绘绿色卷草。鸟身红色彩绘，彩绘脱落严重。尾部有三个竖向楔槽，只剩一个鸟尾，红色涂饰。

木鸟

唐
高 21 厘米，长 38 厘米，宽 10 厘米
海西蒙古族藏族自治州德令哈市郭里木夏塔图墓葬出土
青海省文物考古研究所藏

木质较软，已脱水干裂。鸟身上左右有两个平行的楔槽，用以插鸟翅，鸟翅脱落。残存有一部分鸟腿。

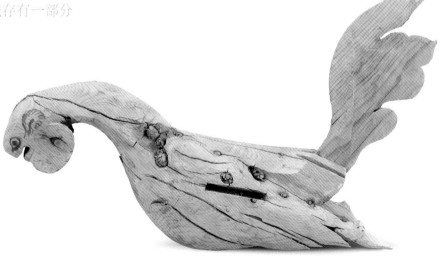

郭里木棺板画（临摹）

唐
长约 3 米，宽约 2 米
海西蒙古族藏族自治州德令哈市郭里木乡吐蕃墓出土
青海省海西自治州民族博物馆藏

整个画面可分为上、中、下三层。上层通常用一窄行画面绘出起伏
的山丘，有的在山丘上还生长着高大的树木，用以表现事件发生地
点的自然景观。中层与下层则交错绘制不同的情节和场景，首先开
始的往往是狩猎与驱赶牲畜的场面。其次，有表现驮载商队的场面
杂于其中的画面，再次，绘有不同的情节穿插其间，在几块棺板上
分别绘出有"客射牦牛""男女野合""演武习射""灵帐举哀"
等等。最后的场景，通常是围绕毡帐展开的宴饮图，这往往是整个
情节中的高潮。出现的人物分别布置在帐篷的内外，帐篷内一般为
一男一女坐于毡毯之上，正在相对而饮，这两个人物的品级最为尊
显，其衣饰特点也最具民族风格，帐外还通常有侍从站立于两侧守
候。在帐篷之外，或站或坐，分散着各种形象的人物，他们身穿各
色衣服，围绕着帐篷或开怀痛饮，或举杯敬酒，整个气氛最为热烈，
人物最为众多，画面所占的面积也往往最大。

郭里木墓棺板画中，帐房中的两人物，其男性人物，身穿翻领胡服、
腰系带，头戴高高立起的塔式缠头，与勒巴沟石刻人物中松赞干布
的较为一致，因而判定其身份为赞普。旁坐的女性人物亦身穿对襟
翻领胡服，头梳双抱面髻，与文成公主形象不同的是，头顶上盖有
一奇特的缠头布，故而判断其身份为赞蒙。

帐房系用牛、羊毛混合，或者专用羊毛织成，这种料子又叫氆氇，
将整幅的氆氇联结起来，一匹氆氇大约30～40厘米左右，做成毡帐。
唐人称之为"拂庐"，应是氆氇的音译。654 年，吐蕃赞普向唐高
宗皇帝献礼，其中礼品中有一项"大拂庐"，"高五尺广三十七步"，
堪称庞然大物。

关于吐蕃的酒宴生活，杜甫《送杨六判官使西蕃》诗中写道："边
酒排金盏，夷歌捧玉盘。草肥蕃马健，雪重拂庐干。"

核桃（6件）

唐
直径 5～5.32 厘米
海西蒙古族藏族自治州都兰县热水墓群出土
青海省博物馆藏

出土时大部分散落在漆盘周围，几个被漆盘盖
住。保存完好，属家核桃。青藏高原腹地气
候高寒，核桃应当是高原周缘地区输入的特
色产品。

脱胎漆盘

唐
高 6 厘米，长 22 厘米，宽 12 厘米
海西蒙古族藏族自治州都兰县热水墓群出土
都兰县博物馆藏

此种是中亚、西北地区流行的器具式样，影响
到中原地区后产生了丰富的同类器。这件漆制
牙盘采用中原地区流行的圈足形制，黑、红两
色搭配，显得整齐素洁。

木碗

唐
高 9.5 厘米，腹径 16 厘米
海西蒙古族藏族自治州都兰县热水墓群出土
都兰县博物馆藏

木质器物的使用在青海地区历史悠久，至今
仍是畅销的生活用品。这件木碗口微侈，腹
部有优美的曲线。吐蕃喜食糌粑，木碗轻便
易用，成为吐蕃时期一大区域特色的器物。

单耳陶壶

唐
高 22 厘米，腹径 18 厘米
海西蒙古族藏族自治州都兰县热水墓群出土
都兰县博物馆藏

夹砂灰陶，侈口带流，一侧有鋬，细颈鼓腹平底。手制，表面有许多拍印痕迹，整器素简古朴。流呈"V"字形，易于日常使用，充满着草原生活气息。

铜鐎斗

唐
高 15 厘米，口径 14.9 厘米
海西蒙古族藏族自治州都兰县热水墓群出土
都兰县博物馆藏

器身为圆口深腹，形如小盆，一侧设有长柄，柄首扬起。器表有烟炱痕迹，表明此件带足的鐎斗是放到火上、火盆里使用。鐎斗本是行军用器，到唐代成为煮茶的常见器物，反映了吐蕃饮茶的习俗，成为文化交流的一个亮点。

紫地婆罗体文字锦残片

唐
长 30 厘米，宽 4 厘米
海西蒙古族藏族自治州都兰县热水墓群出土
青海省文物考古研究所藏

残片中部为一行连续桃形图案。图案带的边缘为青、黄彩条，排列黄色的小连珠。反面红地上，有波斯萨珊朝所使用的婆罗体文字，德国波斯文专家解读为"王中之王，伟大的，光荣的"。

藏汉文史书记载，吐蕃在 660～866 年之间，向波斯等西亚诸国进行了扩张，并且使一些国家臣服吐蕃。写成于 812 年（或 813 年）的一则阿拉伯文史料中，当时喀布尔沙多次被称作 Malik min mulk al-Tubbat，意为"吐蕃王中王"。此记载正好与该丝绸上的文字内容不谋而合。

黄地花瓣团窠鹰纹锦

唐
长 47 厘米，宽 19 厘米
海西蒙古族藏族自治州都兰县热水墓群出土
青海省文物考古研究所藏

斜纹纬锦，图案中团窠为八瓣花环，环中是一正视直立
的鹰。鹰头向左，后有头光。两翅平展，颈与翅有连珠
头饰，中间主体为腹部，鹰之双足抓住一人形，置于腹部。

鎏金舍利容器饰片

唐

1：不规则形四方连续环状忍冬唐草饰片：残长 32 厘米，残宽 27 厘米
2：立凤：高 8.5 厘米，宽 7.2 厘米
3：唐草饰条：（1）长 47.5 厘米，宽 4 厘米；（2）长 17.5 厘米，宽 3 厘米；
（3）长 17 厘米，宽 3 厘米；（4）长 11.5 厘米，宽 3 厘米
海西蒙古族藏族自治州都兰县热水血渭一号大墓出土
青海省文物考古研究所藏

完整的鎏金舍利容器饰片包括：纵列环状忍冬唐草纹饰条 18 件、
横列环状忍冬唐草纹饰条若干、梯形四方连续环状忍冬唐草纹饰
条 2 件、方形立凤纹忍冬唐草纹饰片 2 件、不规则四方连续环状
忍冬唐草纹饰片 1 件、宝相纹环状忍冬唐草纹饰件 2 件、银包铁
立凤与底座银饰 1 件、木饰件高 5.2～12 厘米若干。

"舍利容器"，即盛装骨灰的容器。出土于殉马坑中。是以木质
容器贴附镀金透雕银饰片的形式做成，顶端竖行排列有整齐的立
鸟，头、颈、身均装饰忍冬花纹，嘴衔忍冬花、颈后饰忍冬花；
饰片中的环状桃形忍冬纹，均为三瓣花两片双钩状叶的形式，忍
冬纹饰纵列式、横列式、四方连续式排列等，花结的连贯性较强。
应为吐蕃 7 世纪初至 9 世纪中叶的佛教遗物。

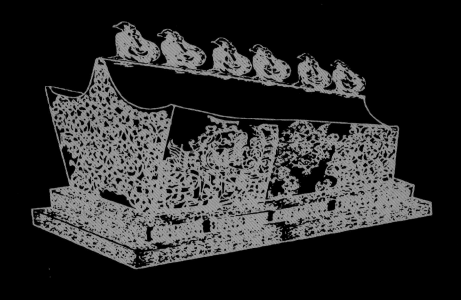

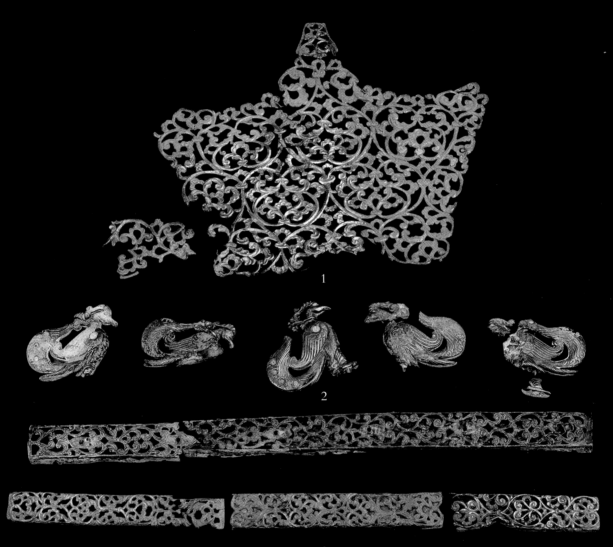

1

2

3

羊纹金牌饰

唐
长 19.5 厘米，宽 4.4 厘米
海西蒙古族藏族自治州德令哈市郭里木夏塔图墓葬出土
青海省文物考古研究所藏

马鞍桥之上的金牌饰，由锤揲技法制成，鱼子纹底上有两个对奔的羚羊，羚羊之间有唐草纹，外弧边缘有等距铁钉，内弧鱼子纹底上有卷草纹。

人字形金牌饰

唐
高 8 厘米，宽 5.3 厘米
海西蒙古族藏族自治州都兰县扎麻日乡四队出土
青海省文物考古研究所藏

平面呈人字形，外缘一周有连珠纹，内部可见连珠纹底，牌饰分割成了若干金片，为镶嵌宝石，目前残存宝石七颗。背部有一纵向金管，用以安装于其他器物上。

镶嵌金牌饰（2件）

唐
1：长 4.4 厘米，宽 3.8 厘米，厚 0.7 厘米
2：长 4.5 厘米，宽 4 厘米，厚 0.7 厘米
海西蒙古族藏族自治州都兰县热水墓群出土
青海省文物考古研究所藏

铜金复合牌饰，呈方形，用金丝做成鱼子纹地，边框饰连珠纹，中央用金片做成三瓣花叶纹，花瓣中镶嵌琉璃。

1　　　　　　2

羽人瓦当

唐
直径 12.9 厘米，厚 1.7 厘米
海东市民和县川口镇享堂古城出土
青海省博物馆藏

泥质灰陶，正面饰有一带翼人物，上身赤裸，双手合十于胸前，双翼平展发髻高耸，浓眉大眼，面相丰腴，腹部以下饰横纹裳，当边缘一周饰连珠纹。这种题材的瓦当唐代并不多见，羽人形象应为西亚文化融入本土文化的反映。

鎏金西方神祇人物连珠饰银腰带

唐
通长 95 厘米，宽 3.3 厘米，厚 0.4 厘米，牌饰直径 6.5 厘米
征集
青海省博物馆藏

腰带用银丝编织而成，上饰有七块圆形包银牌饰，牌饰上
铸压出西方神祇人物图案。连珠纹是由大小相同的圆圈或
者圆珠连续排列而成的一种装饰图案，盛行于萨珊时期的
波斯。唐盛时期，传统的连珠纹样随着"丝绸之路"的开
放成为唐代非常盛行的装饰艺术元素。

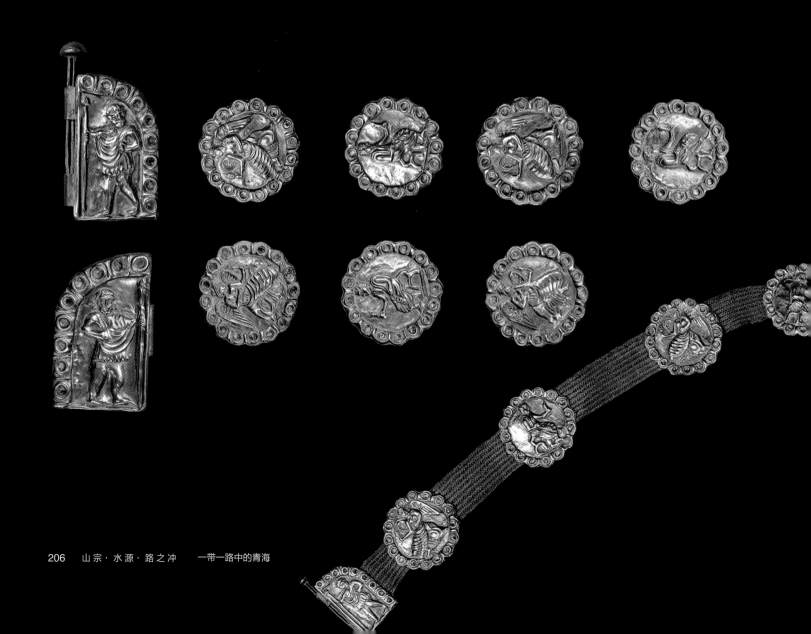

波斯双面人头像

唐
高 3.3 厘米，宽 2.5 厘米
海西蒙古族藏族自治州都兰县热水墓葬出土
青海省博物馆藏

双面人头像，模制，中空，深目高鼻，头
戴小圆帽，为典型的中亚波斯人形象。

罗马金币

唐
直径 1.4 厘米
海西蒙古族藏族自治州都兰县香日德出土
青海省文物考古研究所藏

金币边缘剪轮，上下对称两个穿孔。正面是
皇帝的半身像，背面为胜利女神像，两面均
有字母铭文。

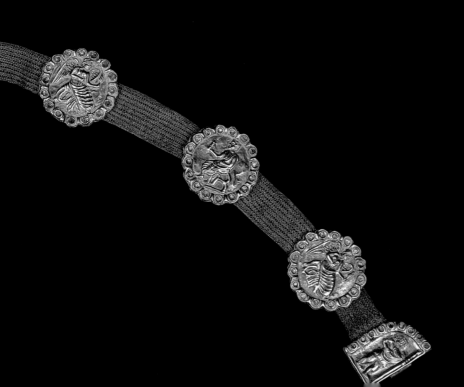

嵌宝石银耳环（2件）

唐
长4厘米，宽3厘米，厚1厘米
海西蒙古族藏族自治州都兰县夏日哈地区出土
都兰县博物馆藏

此件器物整体呈C形，中空，外表显得厚重，
饰以三列圆形连珠纹嵌框，边缘两侧框内饰以
红色珊瑚，中间一列珊瑚与绿色松石交互使用，
显得别具匠心，形成鲜明的地方特点。红色珊
瑚产自遥远的区域，通过丝路贸易运输到高原，
成为吐蕃的文化元素之一。

狮纹银鎏金铊尾（2件）

唐
长2厘米，宽1.7厘米，厚0.3厘米
海西蒙古族藏族自治州都兰县热水墓群出土
都兰县博物馆藏

此件器物小巧别致，是蹀躞带下垂的小带的铊
尾。银质，锤揲法制成。中心是一只卧立式的
小狮子。狮子张口龇牙，前胸肌肉突出，尾巴
飞扬，充满了力量和动感。底色鎏金，显衬出
狮子的富丽堂皇。

嵌珍珠耳环（2件）

唐
直径 1.8 厘米
海西蒙古族藏族自治州都兰县热水墓群出土
都兰县博物馆藏

十字纹金饰（3件）

唐
边长 2 厘米，厚 0.1 厘米
海西蒙古族藏族自治州都兰县热水墓群出土
都兰县博物馆藏

牌饰整器轻薄，先用较大的金珠组成边框，
中间加以两条搓成绳状金丝。主体纹样为
小的方形金牌组成的十字形，周边金珠为
鱼子地相围绕。牌饰方形构图是高原地区
喜爱的方式之一，成为吐蕃时期土著文化
的代表作品。

绿松石金耳环（2件）

唐
长 4.2 厘米，宽 2.4 厘米，厚 0.7 厘米
海西蒙古族藏族自治州都兰县热水地区出土
都兰县博物馆藏

◇ 都兰墓群出土的金银器

吐蕃王朝时期的冶金技术名扬西方，西方史料记载吐蕃人用黄金铸造鹅形大口水罐，高2米，能装60升酒。马具及黄金制造的大体量器物都堪称珍奇。《旧唐书·吐蕃传》里有关吐蕃供奉金盘、金颇罗等金器的记载屡见不鲜，吐蕃大相禄东赞来唐迎请文成公主时，献金胡瓶、金盘、金盏等。吐蕃金器在唐诗里也有吟诵，如杜甫"边酒排金碗，夷歌捧玉盘"，岑参"浑炙犁牛烹野驼，交河美酒金叵罗"。

墓群出土的大量金银饰片是整个吐蕃金银体系中重要的组成部分，与中原唐朝和中亚、西亚金银器相比较，其中一些精品的制作水平，表明吐蕃已成为当时东亚地区一个重要的金银器生产制作中心，表现出吐蕃金银器受到唐、粟特等多种文化因素相互影响和交融的痕迹。吐蕃在不断兼并扩展的过程中，通过与我国北方、西北草原的游牧民族密切的交往，在继承其文化传统的基础上加以汲取和创造，也逐渐形成自身鲜明特色的金银器系统，成为我国多民族古代文化当中一个重要的组成部分。

金鞍后桥片（1件）、金鞍翼片（2件）

唐
高32厘米，长56厘米，宽54.5厘米，厚0.04厘米
海西蒙古族藏族自治州都兰县热水墓群出土

这组马鞍饰片由后桥片和两侧侧护翼片组成，边缘有钉孔孔眼。采用锤揲法制成。后桥主题纹样以中心花两侧对称展开双狮和双马，边缘饰以卷草和云纹。双狮奔跑，张嘴吐舌，腋下卷草伸出。双马蹄足飞扬，头部羚羊弯角上饰月形冠顶，鬃毛飘动，翼翅花草上展出三根长羽，后腿腋下生出卷草，狮尾。翼片上主体纹样为奔跑的长角山羊。马鞍饰片整体风格动感十足，展示了高原草原游牧文化高超的制作工艺和活泼的审美意趣。

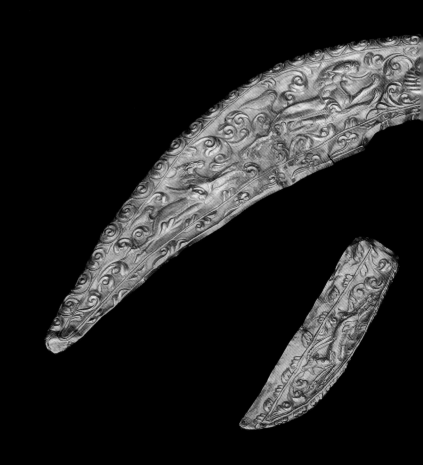

镶松石卷草纹金三通（2件）

唐
高 9.8 厘米，宽 5.2 厘米，厚 0.4 厘米
海西蒙古族藏族自治州都兰县热水墓群出土

采用铸件和锤揲法制成。为马具面颊上连接
络头皮带使用，背部有金板加以固定，中间
保留有皮带。主题纹样采用缠枝花草，镶嵌
松石，部分已脱落。

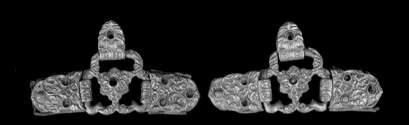

金杏叶

唐
高 7.2 厘米，宽 6 厘米，厚 0.03 厘米
海西蒙古族藏族自治州都兰县热水墓群出土

采用锤揲法制成。整体呈叶形，边缘卷草为花
瓣形，主体纹样石榴花，造型对称优美。上部
有孔系。背部保留有金钉五枚，并残留有木片。
作为装饰性马具，吐蕃工匠进行了出色艺术创
造，将高原草原文化变得更加丰富。

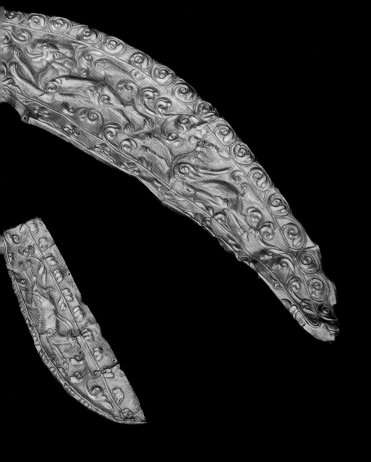

卷草纹金鞍翼片

唐
长 28 厘米，宽 7.3 厘米，厚 0.04 厘米
海西蒙古族藏族自治州都兰县热水墓群出土

采用锤揲法制成。通体采用繁茂舒展的卷草纹为主体纹样，花瓣中心有镂空孔洞，原镶嵌有松石，现已脱落。具有浓郁的中原文化卷草的装饰特征，可见深受汉地文化之影响。

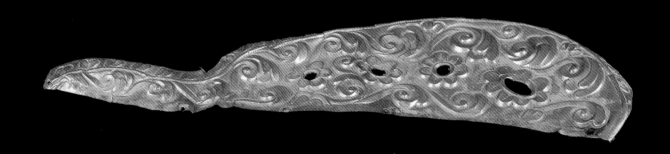

镶松石动物纹金鞍翼片

唐

长 30.8 厘米，宽 8 厘米，厚 0.04 厘米

海西蒙古族藏族自治州都兰县热水墓群出土

采用锤揲法制成。主体纹样为一狮一羊。
狮子张嘴吐舌，鬃毛与狮尾分成三缕，向
后飞扬。羚羊飞奔向前，抬首昂胸。松石
排列成曲瓣形，孔洞极多，有少量未脱落
松石，配合舒展的卷草花纹，可见工艺之
繁复。反映出多元的文化艺术因素。

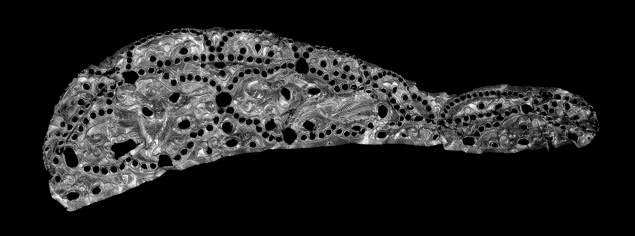

镶松石卷草纹金鞍翼片

唐
长 30.8 厘米，宽 6.4 厘米，厚 0.04 厘米
海西蒙古族藏族自治州都兰县热水墓群出土

采用锤揲法制成。主题纹样为连续的波状
卷草，舒展连绵，间有束结。边缘松石连
续排列，有少量未脱落松石，背面焊接有
金片封底。花瓣中心有空洞，原镶嵌有较
大块松石。

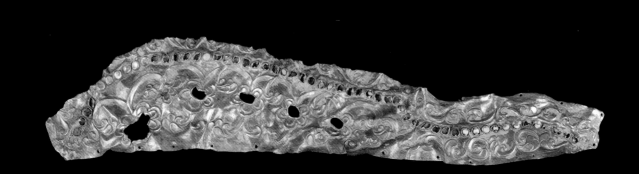

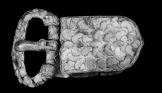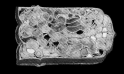

人身鱼尾金饰片（3件）

唐
高 4.2 厘米，长 19.5 厘米，厚 0.03 厘米
海西蒙古族藏族自治州都兰县热水墓群出土

饰片轻薄，花纹錾刻而成。整体呈长条形，前宽后窄，周缘有钉孔。前端为人物形象，束发额带，后飘绶带，翻领袍服，右持来通，左抓羽尾，身带双翼，下为鸟足，身后为回旋鱼身鱼尾，有鱼鳞纹饰。镂空处原镶嵌有宝石，已脱落。器物可能属于剑鞘的装饰。人身鱼尾形象罕见，带有神话宗教内涵，具有特殊的研究价值。

金盅座

唐
高 6.1 厘米，底径 10.2 厘米，壁厚 0.04 厘米
海西蒙古族藏族自治州都兰县热水墓群出土

整器较为轻薄，为两件套合而成。中间部分呈圆形，顶部凸起，底部开口，外壁饰以卷草，鱼子为地。外围部分上端为连续的缠枝花纹，镂空錾刻，中部为一周动物纹饰，或奔跑，或相向，底端为一圈粗大的连珠纹。器物的用途不明，或为器具装饰。工艺精细复杂，纹饰活泼生动，是难得的艺术珍品。

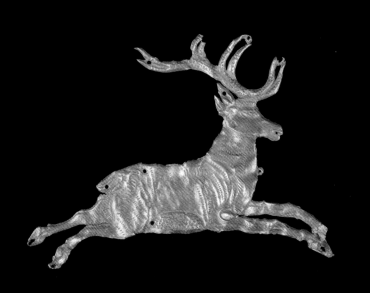

奔鹿纹金饰片

唐
高 9.2 厘米，长 13 厘米，厚 0.04 厘米
海西蒙古族藏族自治州都兰县热水墓群出土

錾刻花纹，周缘有钉孔。鹿的形象雄壮，肌肉突出，策蹄飞奔，枝角硕大，毛发用短线连续錾刻，腹部鱼子为地。动物细节表现丰富，反映出古人超强的观察力和表现力。

骑射形金饰片

唐
高 9.8 厘米，长 13.5 厘米，厚 0.04 厘米
海西蒙古族藏族自治州都兰县热水墓群出土

錾刻纹饰，整体轻薄，周缘有钉孔。武士形象威武，策马飞奔，满弓拉弦，头戴山形冠饰，两根辫子垂于脑后，八字须、大耳坠，窄袖对襟翻领连珠纹图案服饰，革带上佩戴箭箙佩剑，脚着皮靴，马鞍、马镫、马具刻画清晰。

象纹金饰片

唐
高 8.5 厘米，长 9 厘米，厚 0.04 厘米
海西蒙古族藏族自治州都兰县热水墓群出土

饰片轻薄，花纹錾刻而成。方形边框，边
缘有钉孔，残留有绿色铜锈。大象长鼻大
眼，张嘴长牙，一足抬起，腿腋下生花，
背上有圆毯，中心呈花瓣三角星芒状，有
带束系。周边花草围绕，形象生动。象的
形象非高原本土所有，实来自异域，是文
化交流的一个缩影。

鸟形银牌饰

唐
高 4.6 厘米，宽 4.7 厘米，厚 0.05 厘米
海西蒙古族藏族自治州都兰县热水墓群出土

整器轻薄，锤揲而成。牌饰用较大的连珠
纹组成边框，内沿用条状线条构成内框。
主体纹样为一只站立的大鸟，大眼扁嘴，
足趾强壮，身躯硕大，羽毛丰满，长尾拖地，
周边简洁花草围绕。

金胡瓶（2件）

唐
高 17.1～19.7 厘米，口径 6.6～7.3 厘米，壁厚 0.05 厘米
海西蒙古族藏族自治州都兰县热水墓群出土

素面，尺寸略有区别。侈口、细颈、鼓腹、圈足。
锤揲而成，颈腹部和圈足有套焊痕迹。这种瓶体、
瓶口和圈足喇叭口特征突出，说明青海地区吸纳了
中原、粟特的文化因素，形成了自己鲜明的地域文
化特点。

錾指金杯

唐
高 4.3 厘米，口径 9.5 厘米，底径 5.1 厘米，壁厚 0.15 厘米
海西蒙古族藏族自治州都兰县热水墓群出土

器物胎体厚重，器表素光无纹饰，平錾上有简单的
卷草纹饰。敞口、腹部有折棱一周。器身布满锤揲
痕迹，錾指和圈足为焊接而成。折腹器物是西方陶
器、金银器较为流行的形制。

卷草纹贴金铜盘

唐
高 4.6 厘米，直径 32.5 厘米，壁厚 0.11 厘米
海西蒙古族藏族自治州都兰县热水墓群出土

此盘中心纹饰锈蚀不清，环绕两重带状连续卷草纹饰，边缘饰垂帐式连续图案。纹饰图样用金箔制成，用特殊工艺附着于盘上。外沿下部饰三角形连续图案。器物与粟特式浅盘有许多相似之处，纹样富有异域风情。

人物纹贴金锡盘

唐
高 1.5 厘米，残半径 24.8 厘米，口沿厚 0.3 厘米
海西蒙古族藏族自治州都兰县热水墓群出土

整器厚重，受损严重，残存 1/4。圆形，宽平缘，浅腹，平底。盘中心为花草团窠人物，头戴花冠。环绕中心图像有宴饮人物，人物或坐于毯上，或立于帐旁，或相拥相伴。外围有胡服人物牵马、骑射飞奔图像，间以山石、花草、飞鸟、奔狮等。盘缘饰三角形花瓣。

人物纹鎏金银盘

唐
残高 1.8 厘米，直径 43 厘米，壁厚 0.2 厘米
海西蒙古族藏族自治州都兰县热水墓群出土

整器厚重，原有圈足，已佚失。宽缘、垂沿、浅腹、平底。图案由于锈蚀严重，能够辨识出主体纹样有三个人物，均为高鼻深目，头发卷曲，身披帛。盘上部中心为一株葡萄树，左侧一男性，体格健壮，腰带佩剑；中间为一位女性；右侧为一老人，俯身弯曲，左手扶一三叉器物。从器型和纹样题材看，这件器物应是舶来品。

团窠纹贴金盘口锡瓶

唐
高 16 厘米，口径 9.2 厘米，底径 6.5 厘米，壁厚 0.2 厘米
海西蒙古族藏族自治州都兰县热水墓群出土

盘口、细颈、圆腹、平底。腹部花形团窠四个，内部
饰鸟形，鸟翅上饰连珠纹，与丝绸图案上含绶鸟形象
接近。团窠纹样之外饰以卷草纹样，布满腹部和颈部。
底部有十字形纹饰。纹样贴金，工艺高超，代表了吐
蕃时期特有的工艺。

动物纹锡錾指杯

唐
高 3.8 厘米，口径 12.3 厘米，壁厚 0.2 厘米
海西蒙古族藏族自治州都兰县热水墓群出土

整器厚重，形体低矮。敞口、浅腹、圈足，
一侧有錾指，上饰卷草，下部为指环。錾
指和圈足焊接而成，有绿色铜锈痕迹。外
侧近口沿部饰连珠纹扉棱一周，腹部有两
组回望身后带角的对羊，中间间隔卷草花
枝。此錾指杯器型特别，是吐蕃时期典型
器物的代表之一。

镶松石金覆面

唐

眼：长 10 厘米，宽 3 厘米

鼻：长 10.1 厘米，上底宽 1.7 厘米，下底宽 4.8 厘米

嘴：长 6.1 厘米，宽 2.5 厘米

残片：长 4.1 厘米，宽 2 厘米

总体：长 22 厘米，宽 21.7 厘米

海西蒙古族藏族自治州都兰县热水墓群出土

由眉毛、鼻、眼、嘴组成五官，一眼缺失。眉毛弯曲上扬，鼻梁挺直，鼻翼凸出，眼睛弯挑，嘴唇闭合。中间分成方格，镶嵌松石，部分已脱落。底片上有钉孔。覆面为丧葬礼器。

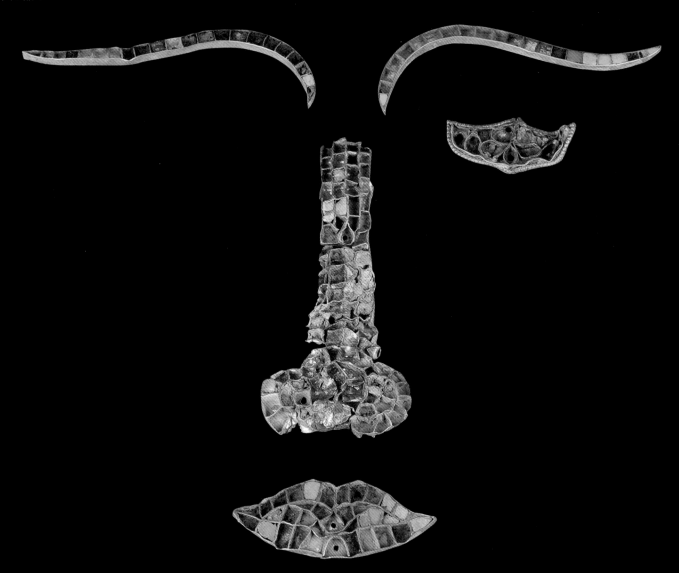

玛瑙十二曲长杯

唐
高 11.9 厘米，口径长 26.8 厘米，壁厚 0.5 厘米
海西蒙古族藏族自治州都兰县热水墓群出土

用整块酱黄色玛瑙制成，器壁厚重，透光性好，
琢磨光滑，通体呈玻璃光泽，可见片状结晶和
片裂开线。杯口呈椭圆形，中间内凹，两端翘起，
圈底，有十二个横向的曲瓣。该器物原料较大，
色彩瑰丽，加工精美，是中亚文化影响的产物。

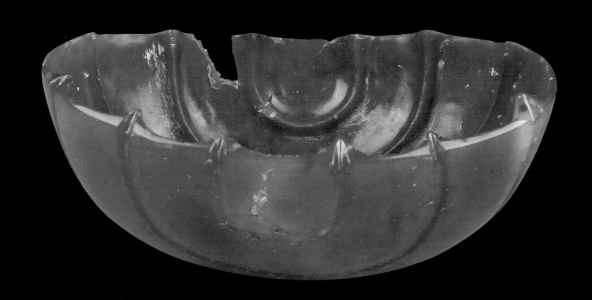

瓶型金坠（2件）

唐
高4厘米，口径0.8厘米，底径2.3厘米
海西蒙古族藏族自治州都兰县热水墓群出土

整器轻薄，采用锤揲和錾刻法制成。此件
器物为马具璎珞束结用途，上部管状，下
部圆孔，中部球形。主体纹样为卷草，鱼
子为地。器物虽然小巧，构图却极其严谨，
显现出吐蕃金银器高超的制作水平。

镶松石金带銙

唐
长3.5厘米，宽3厘米，厚0.9厘米
海西蒙古族藏族自治州都兰县热水墓群出土

器物轻薄，采用锤揲法制成，背面四角有
金钉。方形边框用卷草花形，主体纹样为
八瓣花形，中间嵌以松石。

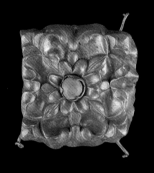

人物形金饰片

唐
高9.8厘米，宽6.4厘米，厚0.03厘米
海西蒙古族藏族自治州都兰县热水墓群出土

花草纹金饰片（2件）

唐
高 7 厘米，宽 7 厘米，厚 0.04 厘米
海西蒙古族藏族自治州都兰县热水墓群出土

金缨坠（2件）

唐
高 2.7 厘米，宽 2.3 厘米，厚 0.04 厘米
海西蒙古族藏族自治州都兰县热水墓群出土

整器轻薄，采用锤揲和錾刻法制成。此件
器物为马具带饰上下垂的缨罩，上部管
状，下部呈四瓣花舌状。主体纹样为卷草，
鱼子为地。

镶松石金铃

唐
直径 2.5 厘米
海西蒙古族藏族自治州都兰县热水墓群出土

整器轻巧，采用锤揲法制成，上下两个半
球形套接而成。上下两个孔，铃内有一圆
石，摇动有响声。表面三层卷草纹饰，镶
嵌有四颗松石。该器物浮雕花纹，颜色鲜
亮，小巧玲珑可爱。

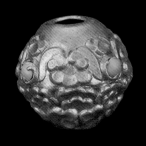

金带銙（4件）

唐
高 3.4 厘米，宽 4.4 厘米，厚 0.04 厘米
海西蒙古族藏族自治州都兰县热水墓群出土

整器较为轻薄，用金片锤揲而成。带銙边缘和中心采用花草纹样锤揲出多曲式样，纹样凸起，空白位置预留孔眼镶嵌宝石，已全部脱落。古眼横平，背部四角保留有焊接的金钉，无残留物。带銙复杂的装饰风格尽显吐蕃独特的审美意趣。

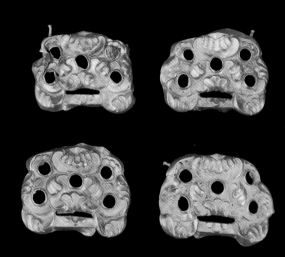

镶水晶金带饰（1件）、水晶（6件）

唐
金带饰：长 4.5 厘米，宽 3 厘米，厚 0.04 厘米
海西蒙古族藏族自治州都兰县热水墓群出土

整器轻薄，锤揲而成。带饰加工成多曲花瓣形，中间留有圆形凹坑，四边焊接有卡扣，镶嵌水晶。水晶晶莹透亮，打磨痕迹明显，底部平整，上部凸起，加工规整。复合工艺的大量使用，凸显了高原文化的多元性。

唐 蕃 古 道

Trade Route between Tang and Tibetan Empires

　　7 世纪初，因唐蕃之间的关系日益密切，唐蕃古道随之构筑，至今已有 1300 多年的历史。唐蕃古道全长 3000 余公里，跨越今陕西、甘肃、青海、四川、西藏五省区，其中一半以上路段在青海境内，是中原内地去往青海、西藏乃至尼泊尔、印度的必经之路，也是丝绸之路"南亚廊道"的重要组成部分。唐蕃古道不仅是一条驰驿奔昭、和平友好、贸易交流的官驿大道，承载汉藏友好、科技文化传播的"文化运河"，更是维系唐蕃舅甥情谊，深化汉藏民族友好关系的重要桥梁和纽带。千百年间，唐蕃古道在维护国家统一、领土完整、民族团结等方面发挥着至关重要的作用。

◇ 唐蕃古道

民和县北古城（唐龙支县城）

柏海迎亲滩（松赞干布当年亲自到柏海迎娶文成公主入藏之地）

玉树通天河渡口

◇ 都兰热水墓群出土的丝织品

都兰热水墓群出土了许多举世罕见的丝织品，其种类之繁多，花纹之精美，令人叹为观止。吐蕃早在松赞干布时期，由于其"袭纨绮，渐慕华风"，丝绸很快受到吐蕃贵族的青睐，都兰出土的大量丝织品是吐蕃贵族广泛穿戴丝织品的具体物证。唐阎立本所画《步辇图》中，禄东赞的服饰图案与都兰出土的纹饰风格如出一辙，均为连珠图案。敦煌壁画中吐蕃赞普的服饰也与都兰出土的丝绸纹饰风格非常相像。藏文史书里记载吐蕃人普遍"释毡裘，袭纨绮"；敦煌藏文文献记载赞普赤德祖赞时期，吐蕃平民百姓间也普及了质地良好的唐朝丝绸；吐蕃从唐收缴的丝绸税奖励官员等。《新唐书·吐蕃传》中记载唐朝向吐蕃赐锦缯数万，唐诗"驱羊亦著锦为衣，为惜毡裘防斗时"是吐蕃广泛穿戴丝绸服饰的真实写照。《唐会典》还提到川蜀织造的"蕃客锦袍"，说明唐朝还有专门给吐蕃制造丝织品的厂商。

蓝地十字花缂丝

唐
长 26 厘米，宽 8.5 厘米
海西蒙古族藏族自治州都兰县热水墓群出土
青海省文物考古研究所藏

缂丝，通经断纬织物，以小型十字花为主题。

黄地对马饮水纹锦

唐
长 50 厘米，宽 21 厘米
海西蒙古族藏族自治州都兰县热水墓群出土
青海省海西自治州民族博物馆藏

此件锦片以红、黑两种色调织出图案，两匹
左右对称的翼马在低头饮水，翼卷曲，脖、腹、
臀有黑色斑纹。马鬃剪花的做法在中亚到北
方草原文化马的造型中都能见到。马佩绶带
源自波斯皇室的披帛，飘带向上飞扬。膝、
尾部系结。饮水马锦在吐鲁番出土的 6 世纪
文书中有专门的记载。从这幅织锦可以看出
马在草原民族中神圣的地位。

红地中窠对马纹锦

唐

长 21 厘米，宽 13 厘米

海西蒙古族藏族自治州都兰县热水墓群出土

青海省海西自治州民族博物馆藏

红地，间以黄、蓝两色分区换色。图案为两个完整的连珠纹椭圆形团窠，团窠内为对马图案。马站立于莲瓣状花台之上，两两相对。马鬃与翼翅呈条带状。颈后有两条结状飘带，翼翅如卷草般向上弯曲。团窠之间以八瓣小团花为中心，形成四方连续的团窠图案，团窠外布置对称的十字花，四向伸出花蕾。四方连续的团窠图案在青海地区仍保留了中亚的传统式样，并发展为新的双向连接的团窠图样出现，在文化交流过程中起到了积极的促进作用。

红地中窠花瓣含绶鸟锦

唐

长 39 厘米，宽 21 厘米

海西蒙古族藏族自治州都兰县热水墓群出土

青海省海西自治州民族博物馆藏

此片织锦以红色为地，间以黄、蓝两色。图案为一基本完整的花瓣椭圆形团窠，团窠内为一个含绶鸟。含绶鸟站立于连珠纹方台之上，翼翅如卷草般向上弯曲。颈、翅、尾装饰有连珠条带。翅和尾用黄、蓝双色条带表示。鸟腹部黄、蓝两色鱼鳞状装饰，口衔连珠纹项链状物，下垂三串缀珠，颈后有两条平行的结状飘带。团窠外布置对称的十字花，以方形中结四向伸出石榴花花蕾。含绶鸟题材的织锦在青海都兰地区出土量比较大，以红、蓝、绿为主色调，这类锦或许与敦煌文书中记载的大红蕃锦可以相对照。含绶鸟所含连珠纹装饰的三串缀珠，常见于萨珊波斯金银器上的人物装饰中，是中亚纹样向东传播的典型例证。

红地鹰嘴带翅双兽锦

唐
长 37 厘米，宽 45 厘米
海西蒙古族藏族自治州都兰县热水墓群出土
青海省海西自治州民族博物馆藏

红地鹰嘴带翅双兽锦，各区域以深、浅黄
及淡绿分区换色，显示主要花纹，在主圈
内为对兽轮廓。团窠环内由阿拉伯文和十
字小花组成。圈内的对兽狮身、鹰嘴、带
翅，回首相望，栩栩如生。

黄地宝相花刺绣鞍鞯

唐
长 51 厘米，宽 37 厘米
海西蒙古族藏族自治州都兰县热水墓群出土
青海省文物考古研究所藏

黄地，间以白、棕、蓝、绿等色以锁绣针
法绣成，图案基本元素为唐草风格的四瓣
宝相花，显得极为华丽。

红地宝相花刺绣靴袜

唐
长 27 厘米，宽 23 厘米
海西蒙古族藏族自治州都兰县热水墓群出土
青海省文物考古研究所藏

锦袜分袜筒、袜背和袜底三个部分。袜筒蓝地黄花，花纹
是当时十分流行的小型宝相花和十样花纹，交错排列。袜
背红地，上用黄、蓝等色以锁绣针法绣出小型宝相花纹样。
宝相花作六瓣。花蕾外有六片叶穿插。袜底以几何纹绫为
底，其上以跑针绣出矩形格子纹。三个区域之间的接缝处
使用了黄线绕环锁绣。

第 五 部 分

海纳百川

Qinghai after the Eleventh Century

　　842 年，随着吐蕃赞普达玛被弑，青海河湟地区陷入分散的部落割据状态之中。1032 年，唃厮啰定都青唐城（今西宁），建立了以吐蕃为主体的地方政权。崇宁三年（1104 年），宋军进占河湟地区，改鄯州为西宁州，是"西宁"见于历史之始。北宋灭亡后，金和西夏占据青海东部和黄河以南地区约一个世纪。1227 年，青海东部地区纳入蒙古汗国版图。1370 年，明军进入青海东部，洪武六年（1373 年）改西宁州为西宁卫。清初，河湟地区由蒙古和硕特部首领固始汗控制。雍正初年，平定罗卜藏丹津叛乱后，清政府才正式实现了对青海河湟地区的统治。

　　自元朝之后，青海河湟地区呈现出多民族聚居、多种宗教并存发展的格局。这一时期，茶马贸易兴起，青海的茶马古道成为连通中原与藏区茶马贸易的重要通道。

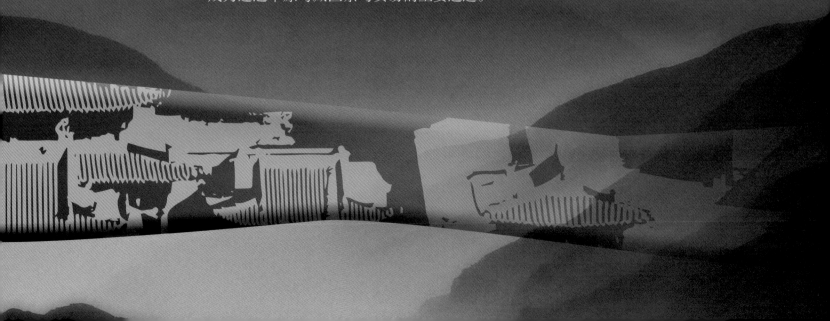

青 唐 政 权

The Gusiluo Regime

11 世纪初，吐蕃赞普后裔唃厮啰，统一河湟吐蕃诸部，定都青唐（今西宁），建立以吐蕃人为主体，包括汉、回鹘、党项等诸民族的地方政权，结束了本地区自唐末五代以来"族帐分散，不相君长"的混乱局面，史称"青唐政权"或"唃厮啰政权"。根据政治需要，青唐政权灵活采取联宋抗夏或联夏抗宋策略。元符二年（1099 年）和崇宁三年（1104 年），宋军前后两次进军河湟地区，终结了唃厮啰政权对青海近百年的统治。青唐政权对维护本地区的社会安定、农牧经济的发展、中西交通的畅通等做出了积极的贡献。

◇ 宋代青唐道

《青唐录》（宋）

西夏控制"丝绸之路"北道后，对过往商旅盘剥严重，沿途"夏国将吏率十中取一，择其上品，商人苦之"。因此，"高昌诸国商人皆趋鄯州（今西宁）贸易"，来往于宋朝和西域的商队和贡使只得绕道青唐。当时，在青唐城东就居住着好几百家往来做生意的于阗、回鹘商人。唃厮啰政权的历代统治者都十分重视以青唐为中心的中西交通线，大力发展经济贸易，千方百计维护道路的畅通，不但增强了自身的实力，也使西域地区与中原地区的政治、经济、文化关系得以维系，为维护东西交通大动脉做出了重要贡献。青唐道所行路线即汉唐丝绸之路故道。

◇ **唃厮啰**

　　唃厮啰（997~1065年），原名欺南凌温，为吐蕃王朝赞普后裔，宋代青唐吐蕃首领。在位期间，他积极发展生产、厉兵秣马，使河湟地区部落繁衍发展、安居乐业。

青唐城

　　目前仅残存南墙一段，长280米。据《青唐录》记载"城枕湟水之南，广二十里，旁开八门，中有隔城，伪主居。城门设谯机二重，谯楼后设中门，后设仪门。门之东契丹公主所居也"，"城中之屋，佛舍参半"。

　　元符二年（1099年），宋军攻破青唐城，改名为鄯州。崇宁三年（1104年），宋军再次占领该城，更名为西宁州，从此"西宁"一名沿用至今。绍兴元年（1131年）青唐城被金攻取，绍兴六年（1136年）该城又落入西夏之手。1227年，成吉思汗攻占西宁州。洪武十九年（1386年），在青唐城西北部新筑西宁卫城，该城遂废。

金钵

宋
高 2.6 厘米，口径 8 厘米，腹径 7.7 厘米
海东市互助县沙塘川出土
青海省博物馆藏

大口，圆底，卷唇沿。外口沿处錾刻连珠
纹，其余部位光素无纹。采用纯金锤揲工
艺制作而成。此器质地贵重，造型简单，
装饰朴素，反映出宋代崇尚质贵形简的审
美艺术风格。

双鱼银钵

宋
高 3.5 厘米，口径 9.5 厘米，腹径 9.1 厘米
海东市互助县沙塘川出土
青海省博物馆藏

窄口弧腹平底，口沿一侧有弧形柄，柄
上錾刻有荷叶纹，钵底刻两条小鱼。鱼
的鳞甲、头部、鳍、尾部及荷叶纹錾刻
细密，刻工精湛。鱼一直被视为有灵性
的动物，在钵上錾刻鱼纹，将实用与观
赏合于一体，莲花和鲤鱼表达了对生活
优裕、年年富裕的祈愿。

青瓷钵

宋
高 8.8 厘米，口径 18.2 厘米，足径 5.8 厘米
海东市循化县黑城子遗址出土
青海省文物考古研究所藏

直口，尖唇外折，弧腹，器壁较厚，平底，
矮圈足。通体施青釉，器内底部有涩圈，
器外近口部饰三道刻划弦纹。系宋代耀州
窑烧制。

青瓷碗

宋
高 8 厘米，口径 20.2 厘米，足径 5.7 厘米
海东市循化县黑城子遗址出土
青海省文物考古研究所藏

敞口，口部外侈，圆唇，斜弧腹，器壁较薄，
平底，矮圈足。通体施青釉，见细碎开片。
器内底部有一圈凹弦纹，腹部与底部弦纹
内见有模印折枝牡丹花草纹，器外表腹部
饰一道弦纹，弦纹以上饰数道凸弦纹，弦
纹以下腹部饰数道竖线草纹至底部。系宋
代耀州窑烧制。

酱釉执壶

宋
高 24.2 厘米，口径 4.9 厘米，圈足径 8.5 厘米
海东市循化县黑城子遗址出土
青海省文物考古研究所藏

直口，尖唇，细直颈，广肩，肩部曲流稍残，
执柄残，瓜棱状深腹，下腹斜收，平底，矮
圈足。通体施酱釉，颈肩相交处饰两道凸弦
纹，肩颈交汇饰一道凸弦纹，下腹部近足处
有一圈凸棱。底部与圈足未施釉，露黄白胎。

围棋子

宋
直径 1.7 厘米，厚 0.4 厘米
海东市循化县黑城子遗址出土
青海省文物考古研究所藏

瓷质，扁圆形。

围棋子

宋
直径 1.7 厘米，厚 0.5 厘米
海东市循化县黑城子遗址出土
青海省文物考古研究所藏

瓷质，扁圆形，露浅灰胎。

崇宁通宝

宋
直径 3.5 厘米，厚 0.2 厘米
海东市化隆县征集
青海省文物考古研究所藏

瘦金体楷书钱文。

花鸟纹菱花形铜镜

宋
直径 9.2 厘米，厚 0.5 厘米
回收
青海省化隆回族自治县博物馆藏

八出菱花形，圆纽，镜背凸弦纹一周分为
内外两区，内区饰花卉、飞鸟、鸭子等图案，
外区饰花卉。铸工精细，装饰花鸟生动。

人面纹瓦当

宋
直径 14.5 厘米，厚 1.3 ~ 1.8 厘米
海东市循化县黑城子遗址出土
青海省文物考古研究所藏

泥质灰陶，手制，脸颊肥硕，圆颔，微露齿，
隆鼻，长眼突睛，斜长眉，额头射线状纹
饰。虽制作粗糙，但十分生动。

神仙故事纹铜镜

金

长 15 厘米，宽 8.2 厘米

海东市化隆县沙吾昂村出土

青海省化隆回族自治县博物馆藏

圆形带柄，镜背窄沿，浅浮雕仙人、童子、
玉兔、翠竹、祥云、仙鹤等图案。长条形柄，
背面下有一鹿，上有"铜□□□"四字铭文。
器型规整，保存完好，图案精美传神，是典
型的金代遗物。

"通津堡道路巡检之记" 铜印

金
高 5.2 厘米，边长 5 厘米
西宁市大通县东峡出土
青海省博物馆藏

橛纽，印文为九叠篆"通津堡道路巡检之
记"九字，印背一侧镌刻楷书"内少府监
造"，另一侧镌刻楷书"正隆五年六月"。
该印是金代道路通关勘验的官方印符。北
宋灭亡后，金、西夏争夺河湟地区，该印
是金国一度据有该地的历史证据。

"首领" 铜印

西夏
高 2.5 厘米，边长 5 厘米
回收
青海省化隆回族自治县博物馆藏

橛纽，印文为阴刻西夏文篆书"首领"二
字，印纽顶部阴刻西夏文"上"字，印背
用西夏文阴刻受印文名款和授印年月。首
领为西夏族长领袖名称。此印全国发现较
多，但在青海为首次发现，反映了该时期
西夏与金争夺河湟地区的历史。

◇ 提遗址

提遗址地处海东市化隆县金源乡丹斗寺沟口，遗址因洪水冲击造成断崖，沟口地面散落滴水、瓦当、方砖、琉璃瓦、板瓦等大量建筑构件，以及带有西夏文铭文的钟、佛像、瓷器等，推测该遗址为西夏时期的寺院建筑遗址。宋室南迁后，青海河湟地区先是为金占领，此后近百年间，西夏与金反复争夺这一地区，双方大抵以黄河为界，各领南北。这些瓦当、滴水就是这一时期西夏统治化隆地区的实物见证。

兽面纹瓦当

西夏
直径 14.2 厘米，厚 1.3 厘米
海东市化隆县提遗址采集
青海省化隆回族自治县博物馆藏

泥质灰陶，模制，当面微鼓，边轮较窄，外缘饰一周连珠纹，正中兽面扁口微张，上颚短须，下颌八字须外撇，蒜头鼻，圆睛外突，双眉于额头弯曲成圆，额际及两侧鬃毛密集。

兽面纹滴水

西夏
宽 14.5 厘米，厚 1.5 厘米
海东市化隆县丹斗寺征集
青海省化隆回族自治县博物馆藏

泥质灰陶，模制，残，兽面高突，弧口露
齿，棒状鼻，斜眼圆睛，短眉弯曲成弧，
兽面外沿一周遍饰鬃（须）毛。

金刚杵纹瓦当

西夏
直径 14.6 厘米，长 12.7 厘米
海东市化隆县提遗址采集
青海省化隆回族自治县博物馆藏

泥质灰陶，模制，边轮较窄，外缘饰一周
连珠纹，当中一圆形乳突，其外饰四个对
称的金刚杵纹。

佛塔纹瓦当

西夏
直径 14.2 厘米，长 11.8 厘米
海东市化隆县提遗址采集
青海省化隆回族自治县博物馆藏

泥质灰陶，模制，窄边轮，外缘饰一周凸
棱纹和连珠纹，当中模印佛塔一座，座下
连珠纹环绕，两侧各饰一枝花卉。

兽面纹瓦当

西夏
直径 11.5 厘米，厚 1.4 厘米
海东市化隆县丹斗寺征集
青海省化隆回族自治县博物馆藏

泥质灰陶，模制，边轮微残，外缘饰一周
连珠纹，兽面微凸，长嘴露齿，嘴角上扬，
柱状鼻，斜眼圆睛，短眉弯曲成弧，兽面
外沿一周遍饰鬃（须）毛。

圆法勺

西夏

残长 8.9 厘米，宽 5.1 厘米，厚 1.3 厘米

西宁市大通县朔北乡拉浪台村出土

青海省大通回族土族自治县文物管理所藏

桑叶状，边沿有一列凸起的金刚杵纹饰。勺柄连接处一组品字形的三个乳突纹饰，铁质勺柄已锈蚀残缺。

此圆法勺应是藏传佛教举行护魔（源于古印度，意为焚烧、火祭）仪式时，用以浇油助燃之器具。修息灾法（熄灭与消除自己或者他人的一些不净之事或者所造的业障的修法）时，即用圆法勺向炉中焚烧的甘木浇油，以助火势。此件器物表明西夏时期的宗教文化受到藏传佛教的深刻影响。

带流铜方勺

西夏

残长 16.9 厘米，宽 7.3 厘米，厚 2.7 厘米

西宁市大通县朔北乡拉浪台村出土

青海省大通回族土族自治县文物管理所藏

上部呈方形，下部呈桑叶形，铜勺前方有一个长流，长流两侧各有一条 "S" 形的铜花饰，起到装饰和加固的作用，铜勺边沿有一列凸起的金刚杵纹饰。下部的桑叶形勺子中间有一个凸起的金刚杵纹饰，勺柄连接处一组品字形的三个乳突纹饰，铁质勺柄已锈蚀残缺。

此铜方勺应是藏传佛教举行护魔仪式时，用以浇油助燃之器具。修增益法（增长自身以及他人的智慧、福德的修法）时，即用方法勺向炉中焚烧的果木浇油，以助火势。此件器物表明西夏时期的宗教文化受到藏传佛教的深刻影响。

多 元 一 统

Political Unification of Yuan,
Ming and Qing Dynasties

13世纪初，蒙古族崛起于大漠南北，先后灭西夏和金，势力深入青海，为元朝在青海的全面施政奠定了基础。元朝建立后，推崇藏传佛教，使得政教合一的制度在青海占据一定地位。明朝继承元朝在青海的统治，在西宁设兵备道，辖西宁、庄浪等五卫，卫所与土官制度结合，形成了"土流参治"的格局。明清鼎革之际，控制青藏的和硕特蒙古固始汗和五世达赖、四世班禅，于崇德二年（1637年）派使团觐见清太宗皇太极。直到雍正二年（1724年），平定罗卜藏丹津叛乱之后，清朝才得以在青海全面施政。

◇ 青海多民族分布格局的形成

青海自古以来就是一个多民族聚居的地区，元代以前，该地区虽然已有汉、藏等民族形成和繁衍，但多民族分布格局现状的真正形成是在元明清时期。藏、回、土、撒拉、蒙古等五个主要世居的少数民族中，除藏族外，其余四个民族均是在这一时期不断迁徙、融合、繁衍，逐步形成稳定的民族共同体。元代，随着中国历史上空前大一统局面的出现，民族迁徙和民族融合的进程加剧。明代，蒙古部落进入青海湖地区游牧，而随着边军屯戍，移民屯田，汉族人口也大规模迁入河湟地区。清代，和硕特蒙古南迁和移民垦殖，大量蒙古人和汉人涌入。青海河湟地区多民族分布格局形成的历史，也是中华民族多元一体格局这一伟大历史进程的典型缩影。

◇ 青海的土司制度

发轫于元代，贯穿于明、清两朝的青海河湟地区的土司制度，是历代封建王朝对少数民族地区羁縻政策的延续和完善。元朝统治者对河湟地区实行"因俗而治"，明朝建立后，推行"以卫所为依托、土官流官参治、以流治土、以土治番"的管理模式。明代青海河湟地区正式受封的土司有十余家，以土族为主，还有藏族、蒙古族、撒拉族、汉族等，一般担任西宁卫所的指挥使、指挥同知、指挥佥事、千户、百户等官。除东部农业区外，在西部广大牧区也设置世袭土职，但不派流官。清朝沿袭了土司制度，民国时废除。土司制度的推行，对维护河湟地区稳定、巩固边疆、促进各民族经济文化的发展起到了积极作用。

弓箭

元

弓弦：长 90 厘米，宽 38.5 厘米
箭：长 83.5～81 厘米
海西蒙古族藏族自治州都兰县诺木洪农场出土
青海省博物馆藏

由弓身和弦两大部分组成，木弓呈三折弯曲状，刷黄漆，握持处两边呈扁平状。箭囊中装有十一支铁镞竹箭，镞锋有矛形和铲形两种。

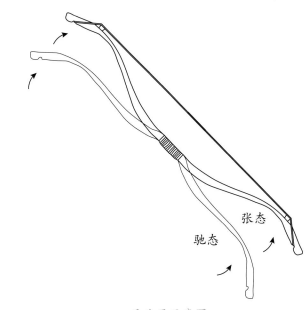

反曲弓示意图

骨锁

元
锁：长 4.85 厘米，宽 2.7 厘米，厚 0.95 厘米
插：长 7 厘米，宽 1.85 厘米，厚 0.4 厘米
海南藏族自治州贵南县高渠顶出土
青海省文物考古研究所藏

"中统元宝交钞" 一贯纸币

元
长 28 厘米，宽 20.5 厘米
海西蒙古族藏族自治州都兰县诺木洪农场出土
青海省博物馆藏

桑皮纸，雕版黑墨印刷。钞面上方横书汉
文钞名"中统元宝交钞"。花栏内上部正
中为"壹贯文省"四字，面额下为横置钱
串图案。钞面上盖有红色八思巴文官印一
方。两侧竖写九叠篆汉字和八思巴文，右
侧汉文"中统元宝"，八思巴文"诸路通
行"；左汉文"诸路通行"，八思巴文"中
统元宝"。钱贯图右为"字料"，左为"字
号"。花栏内下部文字"中书省 奏准印
造中统元宝交钞 宣课 差发内 并行收受
不限年月 诸路通行 元宝交钞库字攒司 印
造库字攒司 伪造者斩 赏银伍定 仍给犯人
家产 中统年月日 元宝交钞库使副判 印造
库使副判 中书省提举司"。钞背上方有"至
延印造元宝交钞"字样墨印一方，下方为
一方红色八思巴文官印。

"中统元宝交钞"伍佰文纸币

元

长 25.5 厘米，宽 19 厘米

海西蒙古族藏族自治州都兰县诺木洪农场出土

青海省博物馆藏

桑皮纸，雕版黑墨印刷。设草木流水纹边框，其内分上下两栏。上栏两旁印八思巴文，与九叠汉文字各占两行，内两行书八思巴文相应的汉字"中统元宝，诸路通行"，右下角印有"字料"，左下角印有"字号"字样，中间楷书体"伍佰文"，其下一串钱纹。下栏文字为"中书省 奏准印造中统元宝交钞 宣课 差发内 并行收受 不限年月 诸路通行 元宝交钞库字攒司 印造库字攒司 伪造者斩 赏银伍定 仍给犯人家产 中统年月日 元宝交钞库使副判 印造库使副判 中书省提举司"。正面上半部盖有八思巴文朱文印，背面盖有墨印。钞背上下部有钱串图案墨印和朱色八思巴文官印各一方。

"至元通行宝钞" 贰贯纸币

元

长 28 厘米，宽 21.5 厘米

海西蒙古族藏族自治州都兰县诺木洪农场出土

青海省博物馆藏

桑皮纸、雕版黑墨印刷。钞面上方横书汉文钞名"至元通行宝钞"。花栏内上部正中为"贰贯"两字，面额下为两串钱图案。钞面上盖有红色八思巴文官印一方。两侧竖写八思巴文各一行，左书"中统元宝"，右为"诸路通行"。钱贯图右为"字料"，左为"字号"。花栏内下部文字漫漶不清，但能辨明是由"尚书省 奏准印造"。钞背上下部有墨印和红色官印各一方。

西宁卫是洪武六年（1373年）由元代西宁州改名而来，下辖西宁、碾伯、镇海、北川、南川、古鄯六个千户所，隶陕西行都司。关西七卫是指明朝在嘉峪关以西（今甘肃西北、青海北部及新疆东部）设立的七个羁縻卫所，又称"西北七卫"和"蒙古七卫"（因七卫首领皆为蒙古贵族），先后有安定、阿端、曲先、罕东、沙州、赤斤蒙古、哈密七卫，后沙州卫内迁，在其故地又设罕东左卫。其中安定、阿端、曲先、罕东、罕东左卫归西宁卫管辖，沙州卫、赤斤蒙古卫和哈密卫归肃州卫管辖。西宁卫和关西七卫的设立对巩固明代西北边防、保障西域和藏区使臣商旅往来、促进民族融合和团结等方面起到了积极作用。

蒙古势力进驻青海后，不断袭扰西宁卫，为保障河湟及青海牧区的安定。洪武十九年(1386年)，长兴候耿秉文率领军士割原西宁州城之半筑城，绵延330余公里，从北、西、南三面构成拱卫形状。该段长城系明代长城的一条支线，与沿线的城堡、烽燧等军事设施共同构成完整的防御体系。

西宁卫城

"西宁卫千户所管军印"

明
高 7 厘米，边长 7.6 厘米
西宁市大通县新城乡南关村出土
青海省大通回族土族自治县文物管理所藏

铜质，橛纽，印面正方形，九叠篆书阳文"西宁卫千户所管军印"九字。印背一侧阴刻楷书"西宁卫千户所管军印"，另一侧阴刻楷书 "礼部造　洪武六年正月日"等字。

必里卫中千户所之印

明永乐四年（1406 年）
高 11.5 厘米，边长 7.8 厘米
征集
青海省贵德县博物馆藏

紫铜质，橛纽，印面正方形，九叠篆书阳文"必里卫中千户所之印"九字。印背两侧分别阴刻楷书 "必里卫中千户所文印"和"礼部造　永乐四年三月"，印面侧沿阴刻楷书"规字九十二号"等字。

必里卫，明代建制。太祖洪武四年（1371 年），以元时必里万户府改置必里千户所，隶河州卫。成祖永乐元年（1403 年），升为必里卫，下分左、中、右三个千户所。卫属羁縻性质，无流官派守，职官由部落首领担任，仍受河州卫节制。必里卫辖境约今海南藏族自治州和黄南藏族自治州部分地区。明末废。

广慧悟法净觉妙善翊国衍教灌顶戒定西天佛子大国师印

明成化二十二年（1486 年）

边长 10 厘米

青海省博物馆藏

铜质，鎏金，如意纽，印面为正方形，篆书阳文"广慧悟法净觉妙善翊国衍教灌顶戒定西天佛子大国师印"。印背一侧阴刻楷书"礼部造 成化二十二年十二月 日"，另一侧阴刻楷书"广慧悟法净觉妙善翊国衍教灌顶戒定西天佛子大国师印"。该印为明成化时期朝廷颁封给乐都瞿昙寺高僧的官方印符，造型厚重，鎏金成色较高。据《西宁府新志》记载，瞿昙寺永乐初年敕建时，"授国师二，禅师三。赐地甚广。又金印一，银印一，围各一尺。玉章一，牙章二。殿宇雄丽，有御制碑文。瓶、炉、香案，皆宣德佳制也"。

◇ 柴国柱家族墓

柴国柱（1568～1625年），字擎霄，号峨峰，西宁卫清水堡（今西宁市大通县景阳乡）人，明代名将。万历时由世荫历西宁守备，骁勇善射，击寇南川，勇冠三军。因功进都指挥佥事，累擢都督佥事，陕西总兵官，改镇甘肃。后镇潘阳，谢病归养，天启初，功加左都督。

1976年，青海省文物考古队为配合大哈门水库建设工程，对其家族墓地进行了部分发掘。

玉腰带（20件）

明
大长方形：长12.8厘米，宽4.2厘米，厚0.5厘米
中长方形：长7.4厘米，宽4.3厘米，厚0.5厘米
小长方形：长4.2厘米，宽1.8厘米
桃形：径4.3厘米
西宁市大通县黄家寨大哈门柴国柱家族墓出土
青海省文物考古研究所藏

素面白玉腰带一套，由四种不同形制的玉片构成，背部均有穿孔，穿有铜钉。

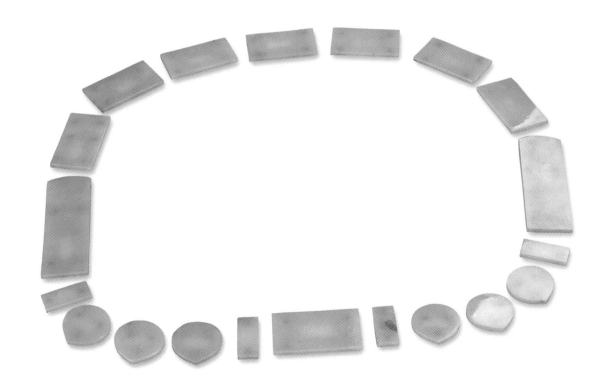

玉饰品（6件）

1：玉簪长 12 厘米，宽 0.8 厘米
2：玉簪长 9.8 厘米，径 1.2 厘米
3：桃形牌饰径 4.4 厘米，厚 0.4 厘米
4：玉扣长 1.8 厘米，宽 1.5 厘米，厚 0.15 厘米
5：玉扣长 3.8 厘米，宽 1.3 厘米
6：金托玉扣径 0.3～1 厘米
西宁市大通县黄家寨大哈门柴国柱家族墓出土
青海省文物考古研究所藏

1：由一块完整的青玉制成，圆柱形冒，颈部内凹，一头尖。造型简洁优美。

2：白玉制成，半球状帽，帽与身是由两部分玉构成，器身部分略有弯曲。

3：明代玉牌饰多以方形为主，这件白玉镂雕桃形饰造型独特，雕刻工艺上乘。雕刻的图案为连枝葡萄纹，表面局部还有刻划的方格纹、划纹等。

4：一面平整，一面突起近梯形。中部为由三个连续的圆圈组成的圆孔。

5：白玉制成，子母扣两端各有两孔。

6：由多边形白玉扣身和黄金饰共同组成。

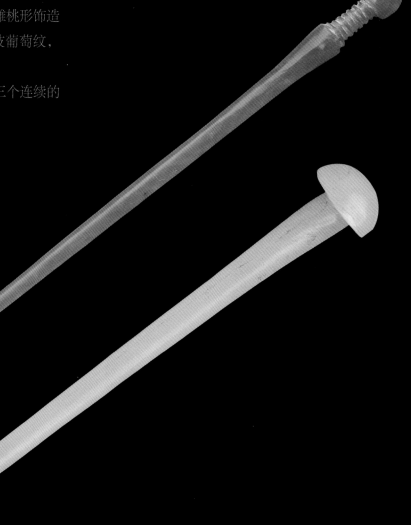

1

2

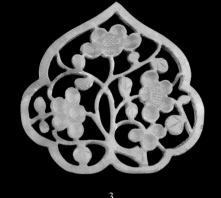

3

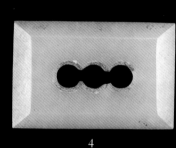

4

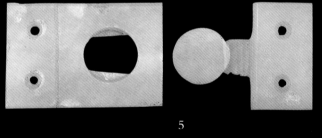

5

正德款香炉

明
高 11 厘米，腹径 12.7 厘米
青海省博物馆藏

铜质，筒状，平底微圆，三条状矮足，足外侧镌刻云纹，炉身一周有三组葡萄纹图案，其内阳刻阿拉伯文，底部中央楷书"大明正德年制"。

◇ 清代和硕特蒙古

明崇祯九年（1636 年），固始汗率蒙古联军进入青海地区，开启了和硕特蒙古在青海的历史。固始汗将青海分给其八子和其他卫拉特蒙古部，史称"青海八台吉"，建立了对青海的直接军事统治。清顺治三年（1646 年），固始汗与卫拉特各部首领二十二人联名奉表贡，清廷赐以甲胄弓矢，命其统辖诸部。顺治十年（1653 年），清政府赐封其为"遵行文义敏慧固始汗"，承认了他的地位。罗卜藏丹津之乱后，结束了和硕特部在青海的统治地位。和硕特部统治青藏期间，独尊格鲁派（黄教），奠定了该派在藏传佛教各派中的优势地位。

◇ 平定罗卜藏丹津叛乱

罗卜藏丹津是清代青海和硕特蒙古贵族首领，固始汗之孙，达什巴图尔的儿子。康熙五十三年（1714 年）承袭其父的亲王爵位，成为青海和硕特部蒙古贵族的最高首领。罗卜藏丹津对于清朝不许他干预西藏的政务和族内混乱方面的规定深感不满。从西藏返回青海后，罗卜藏丹津暗中约定准噶尔部策旺阿拉布坦为援，组织叛乱。雍正元年（1723 年），罗卜藏丹津胁迫青海蒙古各部贵族于察罕托罗海会盟，发动武装割据叛乱。清政府闻变后，立即命年羹尧、岳钟琪等率军镇压，很快将叛乱平定。尔后清政府对青海地区的行政建制作了重大改革，改西宁卫为西宁府，下设两县一卫（西宁县、碾伯县、大通卫），对蒙古族各部采取编旗设佐领措施，共编为二十九旗，同时派驻"办理青海蒙古番子事务大臣"（简称西宁办事大臣），管理青海一切政务，使青海完全置于清朝中央政府直接管辖之下。

西宁县土官指挥使之印

清道光五年（1825年）
高 12 厘米，长 8.4 厘米，宽 8.4 厘米
青海省博物馆藏

铜质，橛纽。印面左侧两行篆书"西宁县
土官指挥使之印"，右侧两行为满文叠篆。
印背一侧阴刻楷书"西宁县土官指挥使之
印　礼部造"，另一侧为满文。印面侧沿
阴刻楷书"清道光五年"。指挥使是清代
武职，该印为清道光时期朝廷颁封给西宁
地方的官方印符。

青海西左前旗扎萨克之印

清
边长 10.7 厘米，高 11 厘米
青海省博物馆藏

银质，虎形纽。虎双耳竖起，抬首前视，
虎视眈眈，前腿直立，后腿卧地，呈半蹲
状。印面阳刻蒙文，汉译为"青海西左
前旗扎萨克之印"。印前侧面阴刻汉文楷
书"礼部造"。此印为清代青海蒙古族
二十九旗之一的"旗主印"。"扎萨克"
系蒙语，意为旗长，是清政府管理青海蒙
古族的特设建置。

法王固始汗授二世察罕诺门汗照旧管理事宜之文告

清
长 67 厘米，宽 48 厘米
青海省博物馆藏

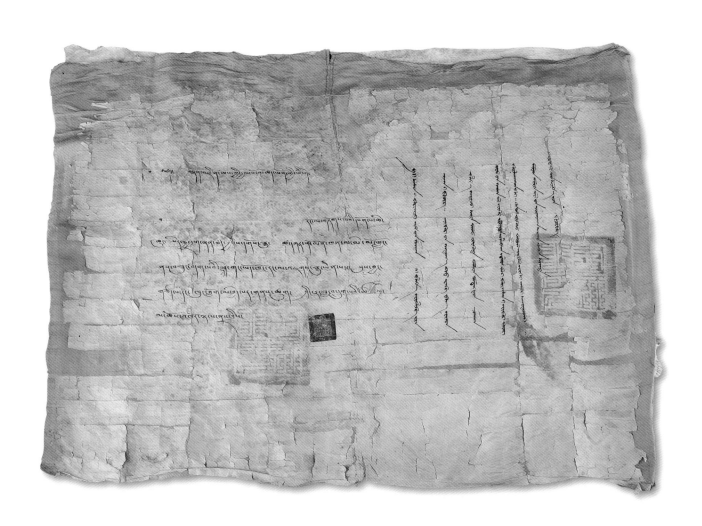

五世达赖喇嘛授予第三世拉茂
活佛之文告

清
长 745.5 厘米，宽 60.5 厘米
青海省博物馆藏

第五世达赖喇嘛为第三世拉茂活佛授予阿
其图额凑甘察罕诺门汗封诰、印章，并照
旧管理前世所属寺院及僧俗百姓等，不得
有争夺、强占及征税等事宜，致内蒙古
四十大部落、厄鲁特四部以及青海湖畔等
地区大小僧俗群众之文告。1692 年于五世
达赖喇嘛已圆寂布达拉宫，第巴桑杰嘉措
匿其丧，仍以五世达赖喇嘛名义发布文告。

五世班禅喇嘛为色多第强诺门罕授印之文告

清
长 177.5 厘米，宽 61.8 厘米
青海省博物馆藏

丝织品，墨书。第五世班禅喇嘛为塔尔寺
色多第强诺门罕照历辈达赖喇嘛所赐其
前世诏书之意，授予印章等事宜，致藏汉
满蒙等区大小僧俗群众之文告。写于扎什
伦布寺。

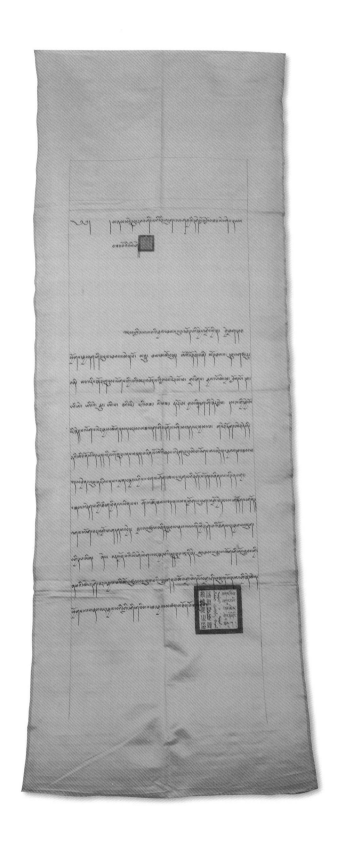

青海办事大臣奉转乾隆皇帝关于寻找
历辈察罕诺门汗转世灵童谕旨之布告

清
长 214 厘米，宽 76 厘米
青海省博物馆藏

九世班禅为塔尔寺色多活佛任法台诸事之文告

民国
长 208 厘米，宽 85.5 厘米
青海省博物馆藏

丝织品，墨书。1936 年，第九世班禅在塔尔寺为色多活佛任法台，并授班智达诺门汗称号及印章等事宜，致藏区、内外蒙古等活佛、堪布以及王公贵族等大小僧俗群众之文告。

宗 教 文 化
The Religion and Culture

青海历来就是多民族的聚居地区，由于特殊的地理环境和历史渊源，青海省民族成分复杂。汉族、藏族、回族、蒙古族、土族、撒拉族等继承并不断创新自己的民族文化。道教、藏传佛教、伊斯兰教、汉传佛教、苯教、基督教、天主教、萨满教分布于全省，其中藏传佛教、道教、伊斯兰教影响最广，各种宗教文化渗透在各民族文化当中，与群众的日常生活息息相关，构成了民族文化的重要部分。

◇ 青海藏传佛教及艺术

吐蕃政权控制青海地区时，青唐城内塔寺众多，以致"城中之屋，佛舍居半"。蒙元崛起后，藏传佛教很快在蒙古族民众中流传。明代对藏传佛教也采取宽容和扶持态度，使藏传佛教在青海地区有了较大发展，著名的瞿昙寺、塔尔寺都是这一时期修建的。清代，青海地区"无日不修寺庙，渐至数千余所。西海境诸民，衣尽赭衣，鲜事生产者几万户"。到雍正初年，"查西宁各庙喇嘛，多者二、三千，少者五至六百"。

青海佛教造像基本上继承了西藏造像的传统式样，按照《造像度量经》制作的，艺术风格与表现手法又明显受到了中原艺术的影响，如男性尊者面容饱满，多为"国"字形脸，女性尊者多为瓜子形脸，柳叶弯眉。唐卡和壁画的背景图案构图饱满，繁缛复杂却不凌乱，色彩艳丽却不媚俗。青海的藏传佛教艺术，不断吸收外来艺术营养，同时融合藏民族本土艺术，表现出了极强的生命力。

藏传佛教主要教派表

名称	俗称	创始人	形成年代	代表寺院
宁玛派	红教	素尔波且 源于莲花生	11 世纪	多吉扎寺、敏珠林、噶陀寺、佐钦寺、白马寺
噶当派		仲敦巴 源于阿底峡	11 世纪	热振寺、怯喀寺、基布寺、纳塘寺、甲域寺、仁钦岗寺
萨迦派	花教	贡却杰布	11 世纪	萨迦寺、艾旺曲丹寺、多吉丹寺、贡钦寺
噶举派	白教	玛尔巴	11～12 世纪	分为香巴噶举、塔布噶举两个系统
觉囊派		宇摩·弥觉多杰	12 世纪	觉摩囊寺
格鲁派	黄教	宗喀巴	15 世纪	甘丹寺、哲蚌寺、色拉寺、扎什伦布寺、塔尔寺、拉卜楞寺

瞿昙寺位于海东市乐都区的瞿昙镇，是青海几座大寺中唯一一座由皇帝敕建的寺院，也是明朝同青海藏区进行联系，推行"抚边"政策的枢纽。

元末明初，西藏高僧三罗喇嘛，来青海弘扬佛法。因三罗喇嘛安边有功，明廷封他为西宁卫僧纲司都纲，掌管地方宗教事务，并由朝廷拨款为其建寺，赐寺额"瞿昙寺"，历时36年建成。

瞿昙寺是一座具有汉式建筑风格的藏传佛教寺院。从山门起的中轴线上，有金刚殿、瞿昙殿、宝光殿、隆国殿等大建筑，左右两边陪衬以碑亭、壁画廊、大小钟鼓楼等小建筑。风格不同的殿堂，石绿色的旋子花纹装饰彩画，古朴的斗拱，构成了明代建筑特色，被誉为"小故宫"。

雍正元年（1723年），瞿昙寺寺主阿旺宗泽参与了青海蒙古贵族罗卜藏丹津发动的叛乱，寺主封号被革去，领地也大大削减，瞿昙寺从此江河日下，随即被格鲁派寺院塔尔寺取代了昔日的荣光。

瞿昙寺全图

瞿昙寺匾额

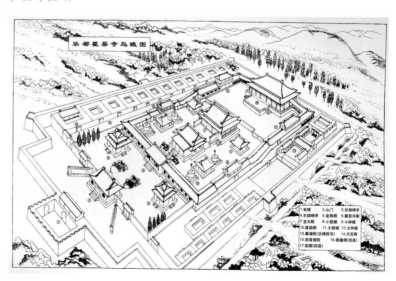

瞿昙寺鸟瞰图

塔尔寺全图

　　塔尔寺又名塔儿寺，位于青海省西宁市西南 25 公里处的湟中县城鲁沙尔镇。创建于明嘉靖三十九年（1560
年），于万历五年（1577 年）建成。得名于大金瓦寺内为纪念黄教创始人宗喀巴而建的大银塔，藏语称为"衮
本贤巴林"，意思是"十万狮子吼佛像的弥勒寺"。

　　塔尔寺是中国藏传佛教格鲁派（黄教）六大寺院（甘丹寺、哲蚌寺、扎什伦布寺、塔尔寺、色拉寺、拉卜楞寺）
之一。历代中央政府都十分推崇塔尔寺的宗教地位。明朝对寺内上层宗教人物多次封授名号，清康熙帝赐有"净
上津梁"匾额，乾隆帝赐"梵宗寺"称号，并为大金瓦寺赐有"梵教法幢"匾额。三世达赖、四世达赖、五世达赖、
七世达赖、十三世达赖、十四世达赖及六世班禅、九世班禅和十世班禅，都曾在塔尔寺进行过宗教活动。

　　酥油花、壁画和堆绣被誉为"塔尔寺艺术三绝"，另外寺内还珍藏了许多佛教典籍和历史、文学、哲学、医药、
立法等方面的学术专著。

正统款铜鎏金释迦牟尼像

明
高 38 厘米
青海省博物馆藏

头发呈绀青色，肉髻呈金光色，上身着袒
右肩袈裟，左手捧钵，右手结无畏印，结
跏趺坐在莲台上。座前刻有"正统年奉佛
段福龙施"字样。该像具有典型的中原汉
地风格。

铜鎏金释迦牟尼坐像

清
高 25 厘米，底长 19.5 厘米，底宽 12.5 厘米
青海省博物馆藏

佛像头饰螺发，肉髻高耸，宝珠顶严，面相方圆，丰满端正，宽肩细腰，四肢粗壮，躯体浑圆，肌肉饱满。上身穿袒右肩式袈裟，下着裙，无任何饰物。造像的台座前沿处刻有藏文字款，意为"扎西利玛造像"，是扎什伦布寺制作的佛像。

铜鎏金观音像

明永乐年间
高 146.5 厘米，底长 63.5 厘米，底宽 44 厘米
青海省博物馆藏

菩萨头戴佛冠，全身饰以璎珞飘带，手持
莲枝，袒胸束腰，下部着裙，跣足立于莲
花座上。细腰收腹，脐窝深陷，富有弹性，
整体姿态呈"S"形，手脚的刻画灵活纤细，
有一种女性的柔媚之美。莲座上刻有"大明
永乐年施"铭文，整体风格雍容华贵，富
丽堂皇，为明代永宣宫廷铸像的典范之作。

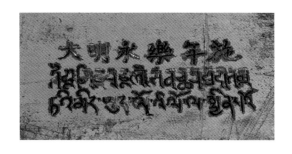

铜鎏金文殊菩萨像

明永乐年间
高 25 厘米，底长 17 厘米，底宽 12.3 厘米
青海省博物馆藏

造像头戴花冠，身饰璎珞宝珠。左手当胸持莲，莲花上置经箧；右手持剑，结跏趺坐在莲花座上。莲花座正前方錾刻"大明永乐年施"六字款，从左至右顺读，符合藏族人读写藏文的习惯。整尊坐像造型比例恰当，工艺精美，鎏金厚重，是明代宫廷造像的经典之作。

文殊菩萨，佛教八大菩萨之一。

铜鎏金金刚手菩萨像

明永乐年间
高 21.4 厘米，底长 15 厘米，底宽 10 厘米
青海省博物馆藏

造像头梳高髻戴五佛冠，跏趺端坐，右
手持五股金刚杵，安放在胸前，左手执
金刚铃按于胯上。莲花宝座上刻有"大
明永乐年施"六字款，为明代宫廷造像
代表之作。

金刚手菩萨，又称金刚手秘密主、金刚萨
埵，该像为菩萨装。

铜鎏金绿度母像

明永乐年间
高 26 厘米，底长 16.2 厘米，底宽 11.4 厘米
青海省博物馆藏

该造像面形圆润、双目低垂，花冠、缯
带、耳环、项圈、璎珞、钏镯等周身环
绕。莲花座正前方錾刻"大明永乐年施"
六字款。

绿度母和白度母是观世音菩萨化现的
二十一种度母中最有名的两个度母。

铜鎏金毗卢遮那像

明
高 22.5 厘米，底长 18.9 厘米，底宽 13.7 厘米
青海省博物馆藏

该像为金刚界的大日如来，头发绀青色，头
顶有肉髻，两耳下垂，跏趺坐于仰覆莲座上。

毗卢遮那佛，亦称"光明遍照佛""卢舍那佛"
等，即大日如来佛，是密宗主要供奉之佛，
被视为释迦牟尼佛之法身。通常在金刚界，
大日如来结大智拳印，结跏趺坐于莲花台上；
在胎藏界，大日如来结法界定印，结跏趺坐
于红色莲花上。

铜鎏金十一面观音像

清

高 34.5 厘米，底长 13.6 厘米，底宽 8.7 厘米

青海省博物馆藏

此尊造像唇角微扬，各面头带宝冠，顶冠中
有阿弥陀佛顶严，八臂八手，上臂左手执莲
花，右手施无畏印，其余各手皆持不同法器，
主臂双手合十。

十一面观音，为密宗"七观音"之一。

紫铜大威德金刚像

清
高 34.2 厘米，底长 26.7 厘米，底宽 16.7 厘米
青海省博物馆藏

这尊紫铜大威德金刚形象复杂，面目手足
众多，铸造工艺精湛，繁而不乱，整个身
姿右高左低，形成了强劲动势，又不失平
衡协调之感。此造像应为西藏地区铸造，
璎珞、臂钏以及单层覆莲座上一圈连珠纹
饰，受到了尼泊尔造像风格的影响。

大威德金刚，又称怖畏金刚，是古印度无
上密乘父续部中的一位本尊，为藏密无上
瑜珈宝生部之本尊，是格鲁派主修的护法
神。大威德怖畏金刚，又称牛头明王，是
文殊菩萨降伏恶魔而化现的教令轮身。大
威德金刚的形象有很多种，有单体的、有
双身的。最能代表其修法的或最具有象征
意义的是三十四只手臂牛头形的双身像，
这也是其最复杂、最恐怖的一种形象。

铜鎏金时轮金刚像

清
高 34.2 厘米，底长 23.6 厘米，底宽 15.5 厘米
青海省博物馆藏

四面，每面有三只眼，面相呈忿怒像。每
个头顶皆戴五个骷髅冠。主臂拥抱明妃并
持金刚杵和金刚铃，其余各手皆持不同法
器。身着轻柔天衣，戴各种珍宝装饰，双
足力踩红白二魔。

时轮金刚是藏密无上瑜伽修法中所奉重
要本尊。

铜鎏金狮面佛母像

清
高 26.3 厘米，底径 8.2 厘米
青海省博物馆藏

该造像为狮头人身，双目圆睁，两耳下垂，
红色鬃毛直披肩部，左手上举骷髅碗，右
手执法器，呈单腿站立式。

狮面佛母，意为化身护法，因其形象是狮
头人身，故名狮面空行母、狮面佛母，又
称"狮头金刚"。

铜鎏金尊者像

清
高 10.9 厘米，底长 9.7 厘米，底宽 7.8 厘米
青海省博物馆藏

高发际，眼仁突出，鼻翼扁平，身着僧服，
双手当胸握花鬘。

罗睺罗尊者是十六罗汉之一，释迦牟尼的
亲生之子，为僧团中最初的沙弥，并在佛
陀的弟子中赢得"密行第一"的称号。

铜鎏金宗喀巴大师像

清
高 25.5 厘米，底长 16.8 厘米，底宽 11.9 厘米
青海省博物馆藏

头戴黄色通人冠，鼻宽口阔，眉目疏朗，
双眼微睁，面带笑意，面颊丰腴，慈眉善目，
和蔼可亲。身着通肩式袈裟，衣服上刻有
精细的花纹装饰，双手结转法轮印，两茎
莲花开在左右肩上，左边莲花中有一宝剑，
右边莲花中有经卷。各部分比例匀称，线
条流畅，手法写实。藏传佛教的祖师和人
物造像大都比较写实，注重刻画不同高僧
或历史人物的形象与性格特征。

宗喀巴大师（1357～1419 年），是藏传佛
教格鲁派（俗称黄教）的创始人，佛教理
论家。原名罗桑札巴，出生于青海湟中县。
他的出生地藏语叫作"宗喀"，所以称为
宗喀巴，意为宗喀地方的人。

彩绘唐卡释迦牟尼天降图

明
整体：长 117 厘米，宽 68 厘米
画芯：长 65 厘米，宽 50 厘米
青海省博物馆藏

佛传故事是藏传佛教唐卡和壁画中经常表现的题材之一。这组佛传故事唐卡共六幅，分别以绘画的形式表现了释迦牟尼一生重要的故事。这幅唐卡描绘的是释迦牟尼天降的情节，绘画艺人在构图上采用灵活的手法，穿越了程式化的仪轨，在一个平面把发生在不同时间和空间的故事情节加以串联，表现出绘画者的丰富想象力。画中汉式重檐歇山式建筑与藏式宝顶式建筑有机结合，反映出汉藏文化的相互交流。

彩绘金唐卡白度母

明

整体：长 144 厘米，宽 74 厘米

画芯：长 70 厘米，宽 41 厘米

青海省博物馆藏

此唐卡属于金唐。白度母身色洁白，穿丽质天衣，袒胸
露腹，颈挂珠宝璎珞，头戴花蔓冠，乌发挽髻，面目端
庄慈和，右手结施愿印，左手当胸以三宝印捻乌巴拉花，
花茎曲蔓至耳际。身着五色天衣绸裙，耳珰、手钏、指环、
臂圈、脚镯俱全，全身花鬘庄严，双足金刚跏趺坐安住
于莲花月轮上。由于采用分色勾线和分色描金，色线加
强了上色晕染后的形体轮廓，金唐则光彩夺目，整幅画
面富丽堂皇，装饰性非常强。

彩绘绿度母大唐卡

清

整体：高 277 厘米，宽 294 厘米

画芯：长 205 厘米，宽 239 厘米

青海省博物馆藏

一面二臂，头戴五佛冠，饰以珠宝，双耳坠着大环。身穿丽质天衣，上身袒露，颈部挂珠宝璎珞，帛带飘绕，慈眉善目。左脚跏趺坐姿，右脚踩在盛开的莲花上，手持乌巴拉花，花茎曲蔓至耳际，胸前所饰的璎珞、串珠描绘得极为精美细腻。这幅唐卡构图整齐，圆形背光，上下左右环绕中心主尊排列，形成众星捧月之势，画面线条流畅，色彩和谐。

佛菩萨弟子像板画

明
长 78.6 厘米，宽 78 厘米
青海省博物馆藏

此为乐都瞿昙寺大钟楼一层佛堂内隔板画。明代
宣德时期的绘画作品。主尊为蹄形头光，两侧佛、
菩萨形象叠压，以七分面朝向主尊，两侧的弟子
以坐姿的形式出现，上方排列着十佛。这种构图
原型在 11 世纪藏传佛教绘画唐卡中已有发现，即
竖立条状山石图案间安排有动物和佛像图案，明
代时将这种图案简约化，从版画中可见早期绘画
构图的风格及古代绘画艺术发展的脉络。

般若佛母像板画

明
长 111.5 厘米，宽 62.5 厘米
青海省博物馆藏

此为乐都瞿昙寺经柜门板画。佛母肤色金
黄，披肩，头戴五叶宝冠，颈挂宝珠璎珞，
两主臂结说法印。耳后上扬的飘带，犹如
"吴带当风"。整幅绘画表现出高度的程
式化，严格遵循《造像度量经》的仪轨。

宣德款铜钹

明
高 10 厘米，直径 43.2 厘米
青海省博物馆藏

此为法事活动所用乐器，铸造工艺精湛、品相完美，音响效果极佳。穹顶宽沿，两只钹顶面线刻双龙戏珠图案，龙须前飘，张口奋爪，腾跃前行，神态憨厚、矫健灵动。钹顶线刻"大明宣德五年内加金银造"十一字铭文，手工楷书。该铜钹是明廷馈赠给瞿昙寺的御制品。

铜包银龙首形法号

清
长 52.3 厘米，最宽 10.5 厘米
青海省博物馆藏

铜质，体量较大。圆形吹口，器身包有三段莲花纹银饰片。喇叭形口部包银，包银刻铸成龙首形，龙鳞、龙牙、龙须俱全，形象生动，栩栩如生，制作工艺娴熟精湛。

铜金刚橛

清
长 34.8 厘米，最宽 5.7 厘米
青海省博物馆藏

此件顶端铸有马头，其下铸四面菩萨头像，面相
张目怒齿，威武森严，中部为五股金刚杵，下端
自上而下铸有三层龙首，刃部为三棱形，槽内有
蛇纹。器型规整，制作工艺精湛。

金刚橛又名四方橛，其形状如独股杵。原是兵器，
后被密宗吸收为法器，由铜、银、木、象牙等各
种材料制成，形制相近，都是一端尖状刃头。但
手把上因用途不同而装饰不一样，有的手柄端是
佛头，有的是观音菩萨像。修法时竖立在坛的四
角，意思是使道场坚固如金刚，各种魔障不能前
来为害。

法螺

清
通长 23.8 厘米
青海省博物馆藏

此件法螺口部包裹铜皮，上嵌有各种不同
颜色的宝石，下坠长穗。自然生长的螺纹
主要是自左向右旋转，此件法螺采用右旋
海螺做成则极为罕见。

海螺原为召集众人时发信号或号令之器
具，亦为乐器。佛教以螺声宏大比喻佛说
法仪节隆盛；螺声远闻比喻佛说法声能远
闻，可被广大众生聆听；螺声勇猛比喻佛
法可驱魔、降魔，消除众生内心恐惧，故
海螺成为佛教中常用法器，也称为法螺。
右旋海螺，因其螺纹呈逆时针方向旋转而
得名。它除具有普通海螺弘扬佛法、驱逐
恶魔之含义外，据说它还是菩萨的化身，
渡江海者将其供于船头，可使江海风平浪
静。因此，右旋海螺又被视为"福吉祥瑞"
的定风神物。

錾花银灯

明
高 15.2 厘米，口径 12 厘米，底径 7.5 厘米
青海省博物馆

银质，灯身呈杯状、撇口、喇叭状圈足、
满工满纹。灯身錾珍珠地八宝图案，座为
圆形双覆莲形，座基部錾有珍珠地缠枝莲
花纹。造型美观大方，铸造和錾刻工艺俱
佳，为同类文物中典型代表作品。

铜鎏金净水壶

清
高 15 厘米，腹径 8.8 厘米
青海省博物馆藏

净水壶用于盛净水，涤除身心污垢，生出
清凉智慧。该净水壶用银和铜制成。壶盖
四周錾刻连珠纹和藏式八宝图案，壶嘴根
部錾刻龙头纹。高足四周錾刻莲花纹，纹
饰精美，做工精细。

铜佛塔

清
高 21.8 厘米，底径 11.4 厘米
青海省博物馆藏

铜质，铃式塔身。塔顶十三天相轮，上置火焰宝珠。腰部有两圈凸起弦纹，座底部饰连珠纹。通体打磨光亮，器形美观大方，铸造工艺精良，为藏传佛教同类文物中之精品。

白铜八宝曼扎

清
直径 18 厘米
青海省博物馆藏

此件为银质，正面錾刻精美花纹，中间为坛城，四周环绕藏八宝，边缘为海水和山峦纹样，工艺精湛。

曼扎为藏密的供器之一，曼扎为"坛城"的意思。曼扎盘即以世间一切珍贵，包括日月四大洲，结成坛城，用以供养诸佛。曼扎盘将各种供品形象化，铸成器物，置于盘上。一般多为中空的环状，以银、铜等薄皮缕刻而成，非常精细，上面镶嵌珠宝，也有用金属丝串珍珠连缀而成，并编织成各色图案，依层往上收敛，形成塔形。修法时，一面诵念，一面往曼扎盘撒上碎石珍宝，撒满底层后再放一层，依次将最后一层放上，象征着祈愿吉祥幸福，将法界供养给诸佛菩萨本尊。

木雕彩绘"七政八宝"供器

清
高 41.5 厘米，宽 21 厘米，底径 12 厘米
青海省博物馆藏

该供器为藏传佛教"七政八宝"中马宝，为绀
青色骏马，能飞行。桃叶形背光，上雕如意云纹，
高浮雕彩绘马宝，马踏莲花，身带鞍鞯，下为
覆莲形高台座，在佛教中表示吉祥消灾，一帆
风顺。整件器物皆采用高浮雕技法雕刻而成。
雕刻技法熟练、层次丰富、线条活泼流畅。

木雕彩绘"七政八宝"供器

清
高 42 厘米，宽 21.5 厘米，底径 12.3 厘米
青海省博物馆藏

该供器为藏传佛教"七政八宝"中的象宝，
为白色六牙象，称万象之王，宛若一座大山，
岿然不动，乘之可周游四海，意为佛法远扬。
桃叶形背光，上为浅浮雕如意云纹，高浮雕
彩绘象宝。象踏莲花，背驮宝珠，下为莲花
形高台座。

木雕彩绘"七政八宝"供器

清
高 42.3 厘米，宽 21.2 厘米
青海省博物馆藏

该供器为藏传佛教"七政八宝"中的将军宝，
指智谋雄猛、英略独决的掌兵大将。桃叶形背
光，浅浮雕如意云纹，高浮雕彩绘将军宝，身
披古代勇士的铠甲，头戴头盔。下为莲花形高
台座。表示护持佛法。

《青史》刻印本

清
长 55 厘米，宽 9.5 厘米，厚 8 厘米
青海省博物馆藏

管·宣奴贝著，成书于明成化十二至十四年
（1476～1478 年）。全书分 15 品，记述佛
教传播的历史。对 978 年以后佛教在藏族地
区的复兴、众多支派的出现、各派的传承情
况及名僧事迹，记载详赡，篇帙宏富，对历
史人物的生卒年、出生地及有关寺院等均有
明确记录，援据古籍也予标明。有木刻本行世。
1949 年有英文全译本。

甘珠尔

清
长 72 厘米，宽 22 厘米，厚 8.5 厘米
青海省博物馆

该函是手抄本，是由译成藏文的佛说三藏四续经典汇编而成的一部丛书之一。《甘珠尔》历代有不同的写本和刻本，内容有差异，部数不尽相同。这种版式和版本极少见，具有较高价值。

藏文典籍流传至今收录内容最多的就是藏文大藏经。内容分为甘珠尔、丹珠尔、松绷三大部分。第一部分称正藏，收录经、律和密咒，有典藏1108 函，是噶举派僧人贡噶多吉在 14 世纪编订的一部佛教丛书，收集了佛教徒们认为是释迦牟尼亲自口授的经典，主要讲解佛教教义和戒律。

◇ 青海的道教文化

青海道教文化深厚，从某种意义上说，渊源于昆仑山崇拜的昆仑文化是道教文化仙山崇拜、寻求不死之术的观念。青海道教传播发展过程中与其他宗教和睦共处、相互交流，为维护青海民族团结和宗教文化生态平衡发挥了重要作用。

乐都西来寺水陆画：水陆缘起

明
外框：长 258 厘米，宽 103 厘米
内芯：长 147.5 厘米，宽 82 厘米
青海省海东市乐都区博物馆藏

该图是 24 幅西来寺水陆画的第 1 幅，共分上、下两部分。

上部绘"梁武帝问志公和尚"图。图中志公和尚披袈裟端坐于靠背椅上。左上右下各立一弟子，皆双手合十，作揖状。两弟子皆披红袈裟。梁武帝面向志公和尚端坐，穿黄袍，胸、腹部束玉带，足履笏头鞋，头戴幞头。帝王身后，一武将身着铠甲、战裙，头戴盔缨，双手合十；四文臣皆头戴展角幞头，两文臣身着蓝袍，一文臣身着绿袍，一文臣身着红袍，皆双手合十。人物后绘《天云图》："日悬蓝天，白云缭绕。"

下部为《水陆缘起》，文内记载史传梁武帝梦中得到神僧启示，醒后接受宝志禅师指教，始创"水陆仪轨"的经过缘起。文末尾题"傅临济正宗曹溪正脉第三十六世海洪天地，皇清康熙三十九岁次庚辰孟夏量沐手虔造"，为清代康熙三十九（1700 年）重新装裱的题记。

水陸緣起

詳夫水陸會者上則供養法界諸佛諸菩薩緣覺聲聞明王八部婆羅門僊次則供養梵王帝釋二十八天盡空宿曜一切尊神下則供養五嶽河海大地神龍往古人倫阿修羅衆冥官眷屬地獄衆生幽冤滯魄無主無依諸鬼神衆法界傍生六道四聖六凡普通供養共成如來秘密神咒功德法界珎食外則資身增長色力內則資神增長福慧由是未發菩提心者因此水陸聖會發菩提心未脫苦輪者因此水陸聖會咸脫苦輪未得不退轉者因此水陸聖會得不退轉未成佛道者因此水陸聖會得成佛道今之供一佛齋一僧施一貧勸一善尚有無限之功德何況普通供養十方三寶六道萬靈豈之自於一身獨超三界恩霑九族福被幽冥等濟羣生同成佛道可謂無央無數無量無邊不可思議功德大矣所以江淮兩浙西川福建諸寺修設水陸佛事古今盛行或保慶平安而不設水陸則人以為不善追資尊長而不設水陸則人以為不孝濟拔卑幼而不設水陸則人以為不慈由是富者獨力營辦貧者共財修設感應事跡不可具述恐此方之人或未知本末今具水陸緣起于後　蓋者阿難獨居靜處於中夜時見一餓鬼名曰面然白阿難言并百億婆羅門僊各施斛飲食並為我供養三寶汝得增壽我得生天阿難白佛求免斯苦世尊為說一切功德光明無量威德大陀羅尼出救面然餓鬼經此是水陸因緣最初根本然未有水陸之名也

梁天監二年正月十五日夜夢一神告曰六道四生受大苦惱何不作水陸大齋而救拔之帝問沙門咸無知者唯誌公勸帝曰廣尋經典必粗有緣乃取藏經置法雲殿躬自披覽翻造儀文三年乃成帝建道場於初分時親捧儀文悉停燈燭而向佛曰若此儀文理協聖凡利益水陸願禮拜起處所止燈燭不爇自明或體未詳利益無狀所止燈燭悉暗如初言訖投地一禮初起燈燭自明再禮宮殿震動三禮諸天雨華天監四年四月十五日於金山寺依儀文修設帝親臨地席詔祐律師宣文可謂利洽幽冥澤及飛走矣周隋兩代此文不傳至唐咸亨中西京法海寺英禪師一日方丈獨坐有異人衣冠甚偉足不履地來謁英公弟子知六道水陸齋儀可以利益幽冥自梁武帝歿後因循不行今大覺寺有吳僧義濟得此儀文久在篋笥殆欲蠹損願吾師往以求來二月十五日於金山寺如法修設苟擇牲牢敢不知報英公許之異人乃去英公躬往大覺寺果有吳僧義濟得此儀文即歸以期日於金山寺親臨道場修設既畢異日逮曙向者異人與類輩來謝英公曰弟子即秦莊襄王也又指異徒曰此范雎秦穰侯白起王翦張儀陳軫皆秦臣也咸坐本罪幽囚陰府大夜冥冥無能救護昔梁武於金山設此齋時前代紂王之臣皆免斯苦弟子爾時亦暫息苦然以獄情未決不得出離今蒙吾師設齋弟子與此輩並列諸侯等皆承善力將生人間慮世異國殊故此來謝言訖遂滅自是儀文布行天下作大利益此是東川楊諤水陸儀文所載東川楊諤舊祖述規製儀文三卷行於蜀中最為近古然江淮所用並京路所得皆後人事增華嚴麗以常異法至於律濟也宗頤向於紹聖二年間因摭諸家所集刪補詳定勒為卷帙粗為完文普勸四衆依修崇利益有情咸登覺岸

傳臨濟正宗曹溪正脉第三十六世海洪天池

皇清康熙三十九年歲次庚辰孟夏　穀旦　沐手虔造

◇ 海东市平安区洪水泉清真寺

　　唐宋时期，就有一些阿拉伯、波斯商人来青海东部经商。元初，大批西域穆斯林随蒙古军徙居青海，他们信仰的伊斯兰教也随之传入并得到发展。13世纪初，撒拉族先民的迁入和明清"移民实边"政策的实施，使穆斯林人数迅速增加，促进了伊斯兰教各派的传播和发展。

海东市平安区洪水泉清真寺

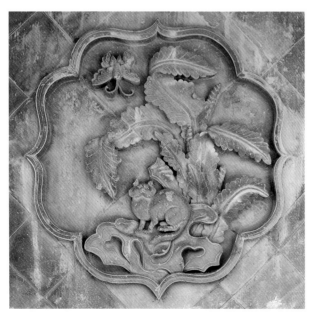

寓意耄耋的砖雕

洪水泉清真寺邦克楼（唤醒楼）

◇ 手抄本《古兰经》（复制品）

原件保存在街子清真大寺珍藏馆内。相传 700 多年前，撒拉族先民尕勒莽和阿合莽牵一峰骆驼，驮着故乡的水、土和一本《古兰经》，离开故乡撒马尔罕，举族东迁，最终定居今海东市循化县境。所带来的水和土现已无存，但《古兰经》至今保存完好。这部珍贵的《古兰经》共有 30 卷，分上下两函装，函封为犀牛皮，其面压有精美的图案，每册封面为天蓝色丝绸精制，全书共 681 页，正文墨写，书写工整，字体浑厚，校勘精细，外用丝绸裹缠，装在一个约 0.6 米长的长方形抽屉木箱里。由于它是先民东迁所带之物，虔诚信仰伊斯兰教的撒拉族视其为宝，并为全族人所珍爱。

有关专家学者认为，这部《古兰经》不仅对研究撒拉族的来源、历史具有重要价值，而且对研究整个伊斯兰教具有重大意义，是宝贵的文化财富之一。

手抄本《古兰经》（复制品）

茶 马 古 道

Tea -Horse Trade Road

茶马贸易源于中原王朝对西北等地的战马需求，以及西北地区对茶叶的需求。这样，唐宋以来，西北便逐渐形成了茶马交易。明代，茶马贸易空前繁荣。明政府对河、湟、洮等边州各藏族部落以及撒拉、撒里畏兀儿等族颁发金牌信符，定时定额征收马匹，而易以茶叶，于是在西宁、河州与洮州形成茶马贸易三大中心。茶马贸易中的茶叶主要来自四川和陕南，形成了以川藏道、滇藏道与青藏道（甘青道）三条大道为主线，辅以众多的支线、附线构成的茶马道路系统。到清代雍正时期，茶马市易制度被废除。

◇ 茶马古道

湟源县哈拉库图城

　　唐朝开始实行榷茶制，茶马互市有力地推动了茶马古道的繁荣。宋代承袭唐，并且设立了专门的茶马互市市场，实行引岸制度（对商人引盐行销的专卖制度）。唐宋的茶马互市制度使茶马古道得以拓展，这一时期的路线东起关中地区，经青海，过金沙江、昌都、那曲至逻些（拉萨）。元朝时期，西藏纳入中国的版图，为了管理川藏地区，元政府在藏区大兴驿站，使川藏茶马古道得到延伸。

　　明清时期是茶马古道的鼎盛时期，一方面，明清统治者重视对西南地区的政治管理，加强西南地区与内地的联系；另一方面，明清统治者看到了茶叶对边疆地区的重要性以及茶马互市带来的丰厚利润，明人曾说："以马为科差，以茶为酬价，使之远夷皆臣民，不敢背叛。如不得茶，则病且死，以是羁縻，实胜于数万甲兵"，因此，明清历代统治者都比较重视茶马互市，修筑与拓展茶马古道。

◇ 党项茶马故道

党项羌原居住于青海东南部及甘肃、四川相邻地区，以畜牧经济为主。7世纪后期，吐蕃尽占党项属地，党项拓跋部向唐请求迁往内地，被安置在静边州（今甘肃庆阳）。此后，党项拓跋部又迁到灵州（今宁夏吴忠）。1038年，其首领李元昊在兴庆府（今宁夏银川）筑坛受册，即皇帝位，建大夏国，史称"西夏"。

党项故地出产名马，主产于黄河九曲及以南地区，史称"河曲马"。今四川阿坝地区是马匹的贸易枢纽，今甘肃武都地区是茶叶贸易集散地，党项与两地进行茶马交易，逐渐形成党项故道，其路线大体是：自西安西行，经凤县、成县等地，到达茶叶集散地武都；从武都北出洮岷或西出迭部抵党项故地；由迭部西南至今阿坝，经久治、班玛、达日至玛多河源地区；或由洮岷溯河西经今黄南州的河南、泽库县及同德至兴海夏塘古城与唐蕃古道会交，是一条以茶马贸易为主的运输线路。

◇ 茶马互市

茶马互市大约起源于南北朝时期。唐实行榷茶制，开设茶马互市。宋时设置了"检举茶监司"，"掌榷茶之利，以佐邦用；凡市马于四夷，率以茶易之"。宋人说"盖青唐之马最良，而蕃食肉酥，必得蜀茶而后生"，"国家买马两万匹，而青唐十居其八"。

元朝不缺马匹，因而边茶主要以银两和土货交易。到了明代初年，茶马互市再度恢复。清乾隆以后，由于边疆的稳定，"茶马互市"作为一种重要制度逐渐从历史的地平线上淡出，取而代之出现了"边茶贸易"制度。

（宋）李公麟绘《五马图》局部《温溪心献马图》

洪武年间茶马互市情况表

时间	互市地点	互市情况
洪武十一年（1378年）	秦州、河州、庆远、顺龙	易马六百八十六匹
洪武十二年（1379年）	秦州、河州	以茶市马一千六百九十一匹
洪武十三年（1380年）	河州	用茶五万八千八百九十二斤，牛九十八头，得马二千五十匹
洪武十四年（1381年）	秦州、河州、洮州、白渡、庆远、纳溪	用茶、盐、银、布易马六百九十七匹
洪武十五年（1382年）	秦州、河州、洮州、庆远	市马五百八十五匹
洪武十七年（1384年）	秦州、河州、碉门	以茶易马、骡一千一百五十匹
洪武十八年（1385年）	秦州、河州、叙府、马撒、宁川、毕节	市马六千七百二十九匹
洪武十九年（1386年）	陕西、河州	以钞三十九万三千六百九十锭，市马二千八百七匹
洪武二十年（1387年）	雅州、碉门	以茶一十六万三千六百斤，易马、骡、驹百七十余匹
洪武廿七年（1394年）	秦州、河州、雅州、碉门	市马二百四十余匹
洪武三十年（1397年）	泸州	用布九万九千四十余尺，易马一千五百六十匹

明初茶马比价表

时间	地　点	茶马比价		
		上马一匹	中马一匹	下马一匹
洪武十六年（1383年）	永宁	80斤茶	60斤茶	40斤茶
洪武二十二年（1389年）	岩州、雅州	120斤茶	70斤茶	50斤茶
永乐八年（1410年）	西宁	100斤茶	80斤茶	60斤茶
	河州	60斤茶	40斤茶	递减

◇ 丹噶尔古城

丹噶尔古城自古扼守唐蕃古道、丝绸南路的咽喉，是商业贸易的重镇，自西汉以来，便成为商贸要地。唐王朝与吐蕃在今日月山下设立了青藏高原上的第一个"茶马互市"。清平定罗卜藏丹津叛乱后，对互市严格控制，只准每年二月、八月在日月山进行互市交易。后清政府将日月山互市地点移至丹噶尔（今西宁市湟源县），丹噶尔城很快成为"汉土回民、远近番人及蒙古人往来交易之所"。清《丹噶尔厅志》记载称"青海、西藏番货云集，内地各省商客辐辏，每年进口货价至百二十万两之多"，成为当时西北地区显赫的民族贸易重镇。民国时，丹噶尔古城贸易更加兴盛，被誉为"环海商都""小北京"。

丹噶尔古城

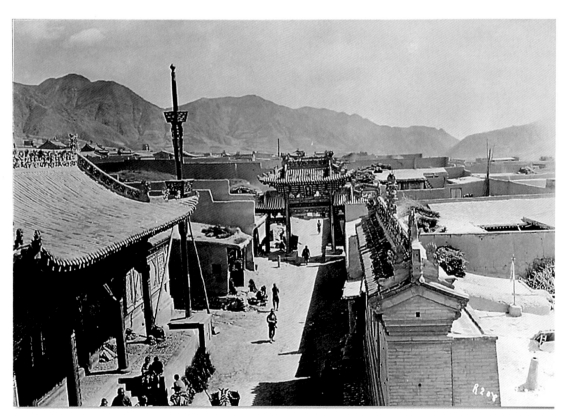

丹噶尔古城

玉树结古镇

◇ 玉树结古镇

　　玉树在历史上是唐朝与吐蕃文化贸易交流、宗教传播、使者往来的必经之地。川茶经康定入道孚、甘孜渡金沙江至昌都，"昌都本由炉霍赴藏之大道"，"茶商以山路险峻，又艰于雇牛，故取道结古，以期省便，是结古为茶商必由之路明矣"。结古在藏语中是"货物集散地"的意思，自古以来是连接西藏、四川及内地的交通要道，是青海茶马互市的重要驿站和枢纽。

玉树渡客

玉树番商会集时间地点表

时间	寺院
旧历正月十二至十五日	扎武新寨、竹节喀耐寺、迭达庄、觉拉寺
二月十二至十五日	拉布寺、惹尼牙寺
三月二十八至二十九日	结古寺、歇武寺、朵藏寺
四月初七至初十日	称多东周寺
四月十八日至十九日	竹节青错寺
四月二十八至二十九日	竹节寺
五月初七至初八日	拉布寺
五月十四至十五日	禅姑寺
七月二十七至二十八日	陇喜寺
八月九月	结古大市
十月初七至初十日	班庆寺
十一月十五日	朵藏寺
十二月十三至十五日	新寨

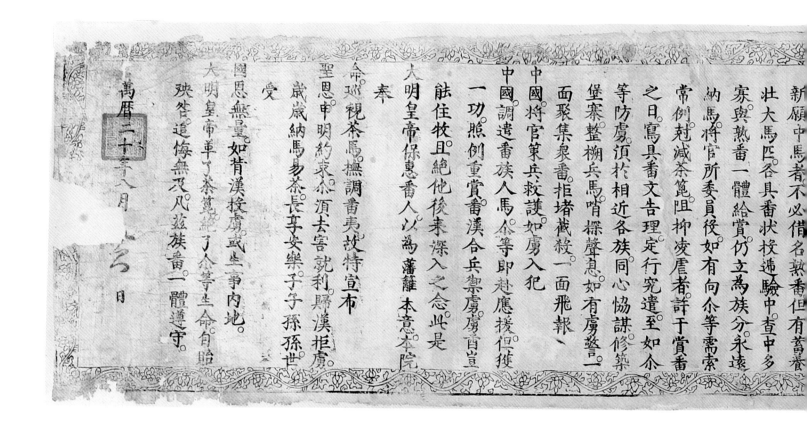

茶马互市告示

明
长 140 厘米，宽 35 厘米
青海省博物馆藏

此告示内容为 "……西番都是大明皇帝的疆土，番人都是大明皇帝的赤子。大明皇帝因尔番族得茶则生，无茶则死，每年尔合当差发，依期纳马，即给尔茶篦，以全尔性命，又加赏劳。尔子子孙孙，受我国恩，真是与天地生成一般，该得尽忠报效，永做藩篱。……除今年慧隆寺族坚措合上等，纳过差发马共捌匹，照数给茶颁赏外，各族头目传谕各番，以后务要感恩图报，一心顶戴大明皇帝，每年收养好马，依期来纳。……番汉合并剿虏，使虏不能驻牧西海，尔等自无顾虑，岁岁纳马易茶，永享安乐"。

此为万历十九年钦差巡按陕西监察御史关于"拒虏纳马"事给青海地区藏族的申明告示，反映了茶马贸易制度——"差发马"即"金牌差马"制度的历史概况。

从以上档案内容中不难看出，明政府利用西番人民嗜茶如命的特点，控制茶叶，从"番"民手中换取大量的军马，使西番受制于中央王朝的"以茶驭番"政策。

欽差巡按陝西監察御史徐　諭番文

夫尒番人即是吾人西番的疆土都是

大明皇帝的疆土西番的人都是

大明皇帝的人尒番以茶為命得生失死

大明皇帝以夷禦夷納尒內附籍為外藩

賞勞要尒感恩圖報併力拒虜近年虜

數為患茶毒漢令歲又以劉哱逆賊

許尒以茶易馬以全生命尒番每年合

當差殘依期納馬即給尒茶篦又加尒

勺虜為援虜益乘機跳梁開尒番不得

寧居故中馬稍遲我

大明皇帝看那劉哱就如釜中遊魚一般

遣將調兵何難剿滅便是虜數入搶掠

亦數被斬殺堂堂

天朝威德廣遠豈因此少損尒番無知或

被虜哄誘送他添巴柀他部落虜性豺

狼貪縱無厭奪尒人口邀尒頭畜燬尒

居室從虜的其害如此

中國以茶篦活尒立國師禪師及眾番僧

以統領尒又能保護尒從

中國的其利如此是向背利害較若黑白

今後各族頭目傳諭番人務要一心頂

戴

大明皇帝日下速將牧養好馬遵照額例

来納本院已申諭將官凡遇番人馬到

即僉□□□□□不句收

木架铜錾刻蝙蝠纹水桶

清
高 54.5 厘米，宽 40.5 厘米，厚 20 厘米
青海省博物馆藏

铜火锅

清
高 53 厘米，腹径 49.8 厘米
青海省博物馆藏

茶盐袋

民国
长 19 厘米，底径 6 厘米
青海省博物馆藏

茶叶罐

清
高 26.5 厘米，宽 10 厘米
青海省博物馆藏

多穆壶

清
高 40.5 厘米，口径 20 厘米
青海省博物馆藏

铜龙首马镫

明
高 16.9 厘米，长 14.1 厘米，宽 6.8 厘米
青海省博物馆藏

马额头饰

民国
长 20 厘米，宽 18 厘米
青海省博物馆藏

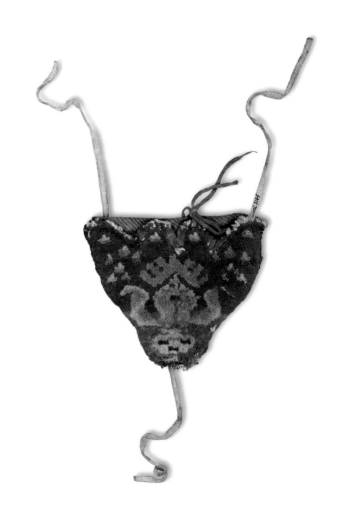

大铜铃

民国
通长 90 厘米，通宽 10 厘米
青海省博物馆藏

铜鎏金马鞍

明
高85厘米，长64厘米，宽50厘米
青海省博物馆藏

此件马鞍为乐都瞿昙寺旧藏。木胎，前后鞍桥通体錾刻镂空卷草金叶，主体纹样为舒展盘旋的行云龙纹，中间为摩尼火珠，嵌以绿松石。卷草中夹杂如意云纹，底部纹饰为海水江崖衬托，边框以连珠纹装饰一周。鞍桥以金箍固定，鞍座面铺设红色西番莲锦缎。附铁质马镫，马镫顶部饰以镀金镂空龙首图案。这副马鞍是目前瞿昙寺保存最好、最完整的一件精品，无论工艺水平还是镶嵌技艺都极为精湛。

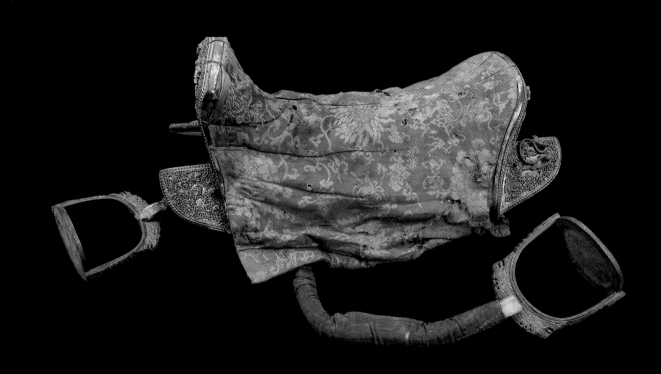

金牌信符

明
高 23.6 厘米，宽 8.1 厘米，厚 0.7 厘米
传世品
青海省贵德县博物馆藏

紫铜描金，长方形，顶部半圆形，正面铸楷书"信符"二字，背铸篆书"皇帝圣旨"四字，下部为"合当差发，不信者斩"八字。骑缝处有"十五号"字样。这是当年下发给必里卫二十一面金牌中的一面。此信符为明代以茶易马的专用凭证。

洪武初年，开茶马互市后，私茶严重，朱元璋下令严其制，酷其刑。据《明会典》记载，明王朝共制作金牌信符四十一面，下发沙洮州、河州、西宁州各部族，其中河州必里卫西蕃二十九族二十一面。每三年遣官一次合符，以茶易马。此制至永乐十四年（1416 年）因茶禁松弛，曾一度停止；宣德十年（1435 年）又恢复，明英宗正统末（1449 年）始"罢金牌"。

"以茶驭番"策略的运用，以推行"金牌差马"制最为典型。金牌差马又称"差发马"，是皇帝对臣民的"差发"，为西北、西南藏区僧俗首领族所持有、按期为明廷交纳马匹的凭证。

青海省建制沿革表

时代	建制情况
公元前 111 年	汉王朝在湟中设"护羌校尉"，筑西平亭（今西宁市），开始了对青海东部的控制
公元前 81 年	设金城郡
公元前 60 年	设"金城属国"，新增临羌、安夷、破羌、允吾、允街、河关、浩亹七县归金城郡管辖。青海东部地区正式纳入中原封建王朝郡县体系
205 年	置西平郡
439 年	置鄯善镇（治今西宁市），辖西平、洮河二郡。后改鄯善镇为鄯州
609 年	隋军大败吐谷浑，隋炀帝复设西平郡，新置西海、河源、且末、鄯善四郡。青海地区正式纳入中央王朝版图
618 年	设鄯州、廓州管辖河湟地区。同一时期，吐蕃崛起，统一西藏，向青海扩张
1034 年	唃厮啰政权建都青唐城（今西宁），臣属于宋
1104 年	宋军进占河湟地区，改鄯州为西宁州。"西宁"始见于历史
1227 年	成吉思汗进军攻占西宁州，青海东部地区并入蒙古帝国统治
1371～1373 年	明朝设河州卫，改西宁州为西宁卫，增设"塞外四卫"
1725 年	改西宁卫为西宁府，设置青海办事大臣
1929 年	青海省正式建制
1950 年	青海省人民政府正式成立，以西宁为省会

结语

山水万重的青海，地貌南北三分，文化农牧兼蓄。

扼守冲要的青海，民族聚居融合，交通连接中外。

昔日的山、水、路，是演绎青海厚重历史的舞台，但探讨青海的历史文化则要进一步拉开历史的时间和空间维度，在更广阔的视域下沉思，或许你会发现：

青海历史最重要的篇章其实是青海以外区域的各种力量在交锋时，青海承担了怎样角色和发挥了哪些功用，亦即青海的历史"不在"青海。盖因她始终是纽带和节点，统治者的目光总爱越过青海的河谷峻岭，其思绪或盘桓在条条古道的尽头，或追随滔滔东去的河湟之水。

时移势易，如今新中国的青海有了自己新的定位，在民族团结、物阜民丰的新时代里，且看大美青海——因祖国强大而大，为生活甜美而美！

支持单位

中国国家博物馆

西宁市文物管理所

中国青海柳湾彩陶博物馆

海南州民族博物馆

海西州民族博物馆

大通县文物管理所

湟中县博物馆

湟源县博物馆

乐都区博物馆

化隆县文管所

贵德县博物馆

都兰县博物馆